빵과 수프, 고양이와

함께하기 좋은 날

하나

PAN TO SOUP TO NEKOBIYORI

빵과 수프, 고양이와 함께하기 좋은 날

하나

무레 요코 지음
이소담 옮김

북포레스트

1

가게 뒷정리를 마치고 아키코는 숨을 한 번 후, 내쉬고서 3층으로 올라갔다. 아키코의 기척을 느낀 회색 줄무늬 고양이 '타로'의 울음소리가 들렸다. '빨리, 빨리 오란 말이야' 하는 재촉과 어리광이 어우러진 목소리다.

"엄마 지금 가."

다다미 여섯 장 크기의 큰 방을 지나 침실로 쓰는 작은 방으로 들어가자, 타로가 침대에서 후다닥 뛰어내려 아키코의 다리에 몸을 비비더니, 얼굴을 빤히 올려다보며 야옹야옹 하고 울었다.

"응, 그래. 안아달라고?"

침대에 걸터앉아 갓난아기를 안듯 안아주자, 타로는 이보다 더 행복할 수 없다는 표정으로 눈을 감았다. 그리고 앞발로 얼굴을 몇 번 비비면서 그릉그릉 콧소리를 내고 잠시 가만히 있더니, 바닥으로 폴짝 뛰어내려 사료가 담긴 그릇 앞으로 다가가서는 또다시 울었다.

"야옹, 야옹."

밤이면 자기 전에 새로 딴 통조림 사료를 먹는 것이 타로의 일과였다. 아키코는 쟁여둔 통조림 중에 제일 비싼 것을 따서 타로 앞에 놓아주었다. 고양이도 사료의 가격 차이를 아는 모양인지 먹어치우는 모양새가 전혀 다르다. 타로가 허겁지겁 사료를 먹는 동안에 먹는 물을 갈아주고 고양이 화장실도 청소했다. 가게 문을 연 동안에는 아래층으로 내려오지 못하게 3층에 가둬둬야 해서 안쓰럽지만, 음식점이니 어쩔 수 없다. 타로도 처음에는 아키코를 따라가겠다고 발톱을 세워 문을 박박 긁어대더니, 시간이 지나자 결국 포기했는지 얌전히 기다려주었다.

'ä'라는 이름의 식당을 연 직후, 건물 옆 틈새에 웅크리고 있던 타로를 발견했다. 전날 비가 내린 탓에 온몸이 흙투성이인 데다 울 기운도 없어 보여서 이대로 죽으면 어떡하나 불안해했던 기억이 있다. 처음에는 돌봐줄 사람을 찾으려고 상점가의 꽃집 아주머니에게 물어보았다.

"얘는 복을 부르는 고양이가 분명해."

그랬더니 아주머니가 해준 말이다. 그때는 이미 아키코도 타로가 귀여워서 헤어지기 싫었으니, 오히려 꽃집 아주머니의 말에 힘을 얻었던 셈이다. 그리고 지금 아키코는 통통하게 살이 올라 눈을 반쯤 감은 타로를 안고서 멍하니 보내는 시간이 가장 행복하다.

쉰세 살인 아키코에게 가족은 세 살 먹은 타로뿐이다. 단 하나뿐인 가족이던 엄마는 6년 전에 예순일곱의 나이로 돌아가셨다. 병을 오래 앓은 것은 아니고, 갑자기 쓰러져서 그대로 세상을 떠났다. 젊었을 때부터 술과 담배를 그리 즐겼으니 당연하다면 당연한 일이다.

아키코는 아버지의 얼굴을 모른다. 지금은 결혼 관계가 아닌 남녀 사이에서 낳은 자식을 혼외자식이라고 하지만, 예전에는 사생아라고 했다. 아키코가 바로 그런 사생아였다. 어린 시절에 즐겨 읽었던 순정만화 중에는, 아키코처럼 부모님이 없는 여자애가 따돌림을 당하거나 파란만장한 인생을 사는 이야기도 있었다. 하지만 결말은 언제나 부유한 아버지와 아리

따운 어머니가 등장해 행복하게 끝났다. 아키코는 그런 만화를 보면서 언젠가 자신에게도 멋진 아버지가 나타날 날이 올지도 모른다고 기대했으나, 아무리 시간이 흘러도 그런 날은 오지 않았다. 현실에서는 아키코와 닮지 않아 까무잡잡하고 체구는 자그마한데 성격이 억세 식당을 억척스럽게 꾸리는 엄마 이외에 다른 부모가 나타나는 일은 없었다.

아키코는 철이 들었을 무렵부터 1층은 가게이고 2, 3층은 살림집인 이 건물에서 살았고, 초등학교도 여기에서 다녔다. 엄마는 자기 이름을 딴 '가정식 가요'라는 식당을 운영했다. 조그마한 가게들이 빽빽이 들어선 상점가였다. 어렸을 때, "언제 집에 오는지 알 수 있게 옆에 부엌문 말고 손님들 다니는 가게 문으로 다녀라"라고 엄마가 신신당부했다. 책가방을 메고 집에 돌아오면 식당은 오후 휴식 시간이었는데, 단골 아저씨들과 엄마는 담배를 피우면서 수다를 떨고 있었다.

"아키코, 어서 오너라."

엄마와 아저씨들은 모두 그렇게 반겨주었다.

"다녀왔습니다."

아키코는 고개만 살짝 숙여 인사하고 3층으로 서둘러 올라갔다. 담배를 피우는 엄마의 모습이 너무 싫었다. 밤에 가게 문을 닫은 뒤에도 술을 마신 단골 아저씨들은 돌아갈 생각을 하지 않고 매일 밤 입구에 건 포렴을 안으로 들여놓고 술잔치를 벌였다. 낮이고 밤이고 할 것 없이 뭉개고 앉았다. 왼손에 담배를 쥐고 술을 마시며 떠드는 엄마의 모습을 보는 것도 아키코는 끔찍하게 싫었다.

아키코는 때가 되면 올려주는 식당 밥을 먹거나 가게에 내려가서 밥을 먹었다. 주방 구석에서 밥을 먹고 있으면, 벌써 술을 한잔 걸친 단골 아저씨들이 신문이나 주간지 따위를 손에 들고 어린 아키코에게 이런저런 말을 걸었다. 학교에서 무슨 공부를 하느냐, 어떤 행사가 있느냐, 나중에 커서 뭐가 되고 싶으냐 등등. 아키코는 그럴 때마다 잘 모르는 질문에는 고개를 갸우뚱하고, 대답할 수 있는 질문에는 존댓말로 공손하게 대답했다.

"참 똘똘하구먼. 앞으로 큰 사람이 되겠어."

아저씨들이 칭찬하면 엄마는 신이 나서 웃으며 대꾸했다.

"개천에서 용 났다는 소릴 하고 싶지?"

초등학교 3, 4학년쯤 되자 아키코는 식당에서 생기는 갖가지 일들이 지긋지긋해져서 그다지 좋아하지도 않는 주산과 서예 학원에 보내달라고 했다. 집에 최대한 늦게 돌아오려면 도서관에서 시간을 보내거나 학교에서 키우는 닭과 토끼를 구경하는 방법도 있지만, 아무래도 또래 친구들과 어울리고 싶었다. 반 친구 중에 부모가 아키코와 놀지 못하게 하는 아이도 있어서 친구 집에도 마음 편하게 놀러 다닐 수 없었다. 엄마는 군말 없이 학원비를 내주었다. 주산과 서예 학원 덕분에 저녁 늦게 돌아올 변명거리가 생겼고, 피난처처럼 다닌 학원이었지만 훗날 어른이 됐을 때 도움이 되었으니 우연일지라도 감사한 일이었다.

엄마가 아버지에 대해 자세하게 말해준 것은 아키코가 중학생이 된 후였다. 그 중학교가 예의 바르고 공부도 잘하는 학생들이 주로 다니는 데다 일단 입학하기만 하면 대학교까지 쭉 갈 수 있는 곳이어서, 합격을 가장 기뻐한 사람은 엄마였다. 입시 과정에 학부모 면접도 있었기에 평범하지 않은 집안의 딸이 합격할 수 있을지 엄마는 속으로 걱정했나 보다. 이제 다들 우리를 다시 보게 될 거라고 엄마가 말했는데, 과연 누가 다시 보는 건지 아키코로서는 알 수 없었다. 엄마는 미안했던 마음을 떨쳐냄과 동시에 할 말은 해야겠다고 생각했는지, 아키코의 입학식 직후에 입을 열었다.

"네 아버지는 스님이었어."

그 소리를 듣고 아키코는 까무러칠 정도로 놀랐다. 결혼은 왜 안 했을까 생각하고 있는데, 엄마가 아무렇지 않게 말했다.

"그 사람한테 부인이 있었거든."

책을 좋아하는 아키코는 어려서부터 어른들이 읽는 책도 읽었고 엄마가 보는 여성 주간지도 몰래 읽었기에 그 말이 무슨 의미인지 이해했다. 게다가 엄마와 아버지의 나이가 서른 살이나 차이가 났다는 사실에도 놀랐다. 그때 엄마는 서른세 살, 그렇다면 아버지는 예순세 살이다. 다 늙은 할아버지란 소리 아닌가. 아키코는 아버지가 할아버지에 스님인 것을 알고 매우 낙담했다. 자신이 순정만화 속 주인공이라고 생각했는데, 아직 보지도 못한 아버지에게 품었던 이미지가 와르르 무너지고 말았다. 만화에 나오는 아버지들은 멋있고 머리도 길고 세련된 양복 차림으로 등장하는데, 현실의 아버지는 중머리에 할아버지라니. 실망이 커도 너무 컸다. 그런데 고개를 푹 숙인 아키코를 보고 엄마는 다른 의미로 받아들였나 보다.

"훌륭한 사람이었어. 엄마는 네 아버지를 존경해."

위로할 셈인지 이런 소리를 했다.

'그런 거 아닌데.'

아키코는 묵묵히 고개만 숙였다.

"배포도 크고 참 좋은 사람이었는데 이상하게 여자 편력이 좀……. 너를 자기 자식으로 인정하진 않았지만 그래도 돈은 섭섭하지 않게 줬어. 네 아버지 덕분에 이 집이랑 가게가 있는 거야."

엄마가 무슨 소리를 해도 아키코는 기분이 나아지지 않았고 오히려 자신과는 상관없는 얘기처럼 들렸다. 엄마는 아키코가 어렸을 때부터 우리 집에는 왜 아버지가 없는지 묻지 않았다고, 옛날 일을 떠올리며 눈물을 글썽였다.

"네가 가여워서 마음이 얼마나 쓰렸는지 모른다."

아키코는 그랬던 기억도 없어서 잠자코 듣기만 했다. 엄마는 울먹이면서 계속 말했다.

"그 사람, 네 아버지라고 당당하게 밝히진 못했지만 이렇게 자란 아키코를 정말 만나고 싶었을 거야."

그때 아키코는 엄마의 말이 전부 과거형인 것을 깨달았다.

"그 아버지가 살아 계시긴 해?"

"2년 전에 심장발작으로 돌아가셨다더라. 엄마도 몰랐어."

엄마는 고개를 저으며 눈물을 훔쳤다.

'뭐야, 결국 세상에 없다는 거네.'

아키코는 그저 덤덤한 기분이었다.

엄마의 얘기는 눈물과 함께 한참이나 이어졌다. 엄마가 일했던 식당 주인이 아버지가 주지 스님으로 있던 절의 신도여서 알게 되었다고 한다. 아키코는 얘기를 들으며 속으로 생각했다.

'그렇다고 그런 사이가 되면 안 되는 거잖아.'

그러나 현실이 그렇게 되는 쪽으로 가버렸으니 어쩌겠는가. 애가 생긴 것을 알았을 때, 엄마는 사실대로 밝힐 수가 없어서 고향에 돌아간다고 거짓말을 하고 일하던 가게를 그만두었다고 했다. 아버지는 결혼할 수 없는 처지였으므로 엄마에게 절에서 거리가 좀 떨어진 곳에 작은 집을 얻어주고는, "평생 뒤를 봐줄 테니 나를 용서해주게나"라는 말을 남기고 떠났다.

아버지를 믿었고 좋아했던 엄마는 아버지가 신뢰한다는 어떤 친척 여자의 도움을 받아 출산했고, 아키코가 세 살이 될 때까지 그 집에서 살았다. 그 후 집을 처분한 돈에 아버지에게 받은 돈을 더해 공터였던 이 자리에 가게 겸 살림집을 지었다는 것이다.

"그런데 말이지."

조금 전까지 울먹이던 엄마의 표정이 동네 뜬소문을 떠들 때처럼 흥미진진하게 바뀌었다.

"엄마를 여러모로 도와줬다는 그 친척 여자가 실은 네 아버지의 애인이었다지 뭐니. 나중에 듣고 정말 기절초풍했어. 심지어 너를 낳았을 때도 다른 여자가 또 있었다더라. 그건 불치병이야, 불치병."

엄마는 숨김없이 시원시원하게 털어놓았다. 그래도 자식을 낳은 사람은 본처와 자기뿐이고, 본처에게는 사내아이만 둘 있으니 아키코를 생각하는 아버지의 마음은 각별했을 거라며 엄마는 혼자 고개를 끄덕였다. 엄마에게는 파란만장한 인생이었을지 모르지만 아키코에게는 전혀 관계없는 얘기처럼 들렸다. 엄마와 아버지가 같이 찍은 사진이 딱 한 장 있었는데, 이사하면서 쓰레기인 줄 알고 버린 모양이라며 엄마는 아쉬워했다.

다른 평범한 가정과는 다를지라도 아키코는 엄마와 단둘이 사는 것이 자연스러웠다. 남들이 쓴소리를 하든 불쌍하게 여기든, 태어났을 때부터 이런 상황이니 어쩔 수 없다고 여기며 살아왔다. 이번 기회에 자신의 뿌리를 알게 되어 좋았지만, 대놓고 자랑할 일은 아니니 차라리 모르는 편이 나았다는 기분도 들었다.

초등학교 때와 달리 중·고등학교 친구들은 남자 이름만 주르륵 적혀 있는 출석부 보호자란에 여자인 엄마 이름이 있는 것을 보고도 꼬치꼬치 캐묻지 않았다.

"엄마가 고생 많으시겠다."

그저 위로하는 말을 건넸을 뿐이다.

아키코가 고등학생이었을 때, 교복을 입고 집에 돌아오자, 휴식 시간이라 식당에서 시간을 보내고 있던 아저씨들이 아키코를 칭찬했다.

"그 교복을 입고 있으니까 더 똑똑해 보이는구나."

그런 말을 들어도 쑥스러울 뿐이어서 아키코는 어색하게 웃으며 인사를 했다. 그러자 아저씨들 사이에 있던 엄마가 이런 소리를 했다.

"난 아키코가 유학을 갔으면 좋겠어. 딸한테는 내가 할 수 있는 거라면 뭐든지 다 해주고 싶어."

그런 얘기를 나눈 적이 없었기 때문에 아키코는 당황했다.

"그거 대단한데? 공부 열심히 해라."

아저씨들의 말에 아키코는 그러겠다고, 마음에도 없는 대꾸를 하고 3층 자기 방으로 올라갔다. 단골 아저씨들에게 가족의 사적인 얘기까지 죄다 떠드는 엄마가 혐오스러웠다. 딸에게 먼저 해야 할 말을 매번 그들에게 먼저 한다.

그때쯤에는 매일 식당에서 인기 없는 메뉴를 먹는 것에도 질려서, 부엌에서 자기 것만 따로 만들어 먹었다. 요리책을 사서 만들어보기도 했다.

식당의 저녁 영업을 시작하기 전에 엄마가 올라왔다.

"유학 얘기, 나한테 한 적도 없잖아. 손님들 앞에서 그런 말 좀 막 하지 마."

아키코가 짜증을 부리자, 엄마는 갑자기 허둥댔다.

"아이고, 그걸 내가 어디에 뒀더라. 여기엔 없나 보네."

엄마는 어색하기 그지없는 연기를 선보이고는 아래층으로 내려갔다. 1달러가 360엔이던 시절이었으니 외국으로 유학 가는 학생은 거의 없었다. 경제적으로 여유가 넘치는 집이거나 성적이 우수한 학생 아니고서는 인연 없는 소리였다. 자신은 고작해야 상점가에 있는 식당집 딸일 뿐인데 자랑스럽게 허풍을 늘어놓는 엄마가 정말이지 싫었다.

그날 이후로 엄마는 자기 허풍을 현실로 만들고 싶었는지, 이런 소리를 늘어놓았다.

"앞으로는 영어가 중요하니까 과외라도 할래?"

"외국에 출장 가는 직업을 가지면 좋겠어."

"우리 집 같은 한부모 가정은 남들이 색안경을 끼고 보니까 은행 같은 금융 기관에는 취직하기 어렵다더라."

결국 아키코는 중·고등학교와 같은 재단인 여자대학의 국문학과로 진학했다.

"그런 데는 졸업해도 학교 선생밖에 할 게 없잖아? 갈 거면 영문학과를 가지 그랬어."

엄마의 말을 들은 아키코가 발끈해서 화를 냈다.

"학교 선생님도 훌륭한 직업이야. 말을 왜 그렇게 해."

"그거야 엄마도 알아. 엄마는 고등학교를 중퇴하고 지금껏 일만 해서 가방끈은 짧지만, 네가 무슨 생각을 하는지 정도는 다 안다고."

엄마도 평소와 다르게 소리를 버럭 질렀다. 그때부터 조금씩 엄마와의 관계가 어긋났던 것 같다고 아키코는 생각했다.

아키코는 어렸을 때부터 집안 사정을 어렴풋이 짐작했기 때문에 무슨 일에든 큰소리를 내지 않았다. 엄마가 유난히 사교적이고 무슨 말이든 마구 떠들어대는 성미여서 서로 부딪히는 일 없도록 의식적으로 피한 면도 있다. 아키코가 대학생이 된 후에도 가게에서 술을 마시며 담배를 피우고 수다를 떠는 엄마의 모습은 달라지지 않았다.

"몸에 안 좋으니까 담배든 술이든 하나만 하면 안 돼?"

넌지시 말해보았지만 엄마는 웃기만 했다.

“나도 그러고는 싶은데 무심코 둘 다 손에 들게 된다니까. 히히.”

단골 아저씨들에게는 털털하고 말이 잘 통하는 식당 아줌마라도 아키코에게는 골치 아픈 엄마였다.

남자친구 문제로도 잔소리가 부쩍 심해졌다. 엄마는 자신에게 남자친구를 먼저 보여주고 데이트를 하라고 했다. 인상이 안 좋아 보이면 데이트를 하면 안 된다고까지 주장했다. 여대에는 여자친구를 사귀고 싶어서 놀러 오는 남학생들이 있다보니 아키코에게 말을 거는 남자도 있었다. 아키코의 얘기를 듣고 귀찮다는 듯이 연락을 끊는 남자도 있었지만, 몇 명은 엄마를 만나도 된다며 식당에 와주었다. 아키코는 스타일이 멋진 남자가 취향이어서 엄마를 만나러 오는 남자들은 하나 같이 머리가 길고 청바지를 입고 있었다. 그들이 돌아간 후, 엄마는 얼굴을 찌푸리며 이렇게 평했다.

“머리가 길어서 지저분해 보여. 게다가 궁상맞게 청바지나 입다니.”

마음 써서 와준 사람한테 왜 그렇게 말하냐고 따지다 보면 또 말다툼이 벌어졌다. 그들의 긴 머리와 청바지가 멋있어 보인 아키코는 엄마의 상대가 중머리였으니까 긴 머리를 질투하는 거라 여기고 무시했다.

엄마가 시키는 대로 하기 싫어서 7시 통금도 무시했다. 식당을 9시까지는 열고 있으니 늦게 집에 와도 손님들 앞에서 혼내지는 못한다. 가게 문을 닫은 후에도 엄마는 곧장 올라오지 않고 항상 그렇듯이 잡담을 시작하고 술에 취할 테니 시치미를 뚝 떼면 그만이라고 생각했다. 엄마는 그런 아키코의 태도를 보며 얼굴을 찡그렸지만 잔소리를 하진 않았다.

아키코는 대학을 졸업하고 출판사에 취직했다. 엄마는 평생 책이라곤 읽은 적이 없는 사람이어서 출판사에 들어가는 게 어려운지 아닌지 처음에는 이해하지 못했다. 판단하려는 기준이 "방송국에 들어가는 거랑 어디가 더 어렵나?"였다. 단골 아저씨들이 비슷하게 어려울 거라고 하자 그제야 자랑스럽게 여겼다.

아키코는 취직하면 바로 독립할 생각이었는데 집이 회사 다니기 편리한 곳에 있어서 아무래도 엉덩이가 무거워졌다. 밤늦게 퇴근하는 날에는 가게 옆 부엌문을 살며시 열고 들어와 발소리를 죽이고 3층 자기 방으로 올라갔다. 2층을 지날 때면 엄마가 요란하게 코를 고는 소리가 들렸다. 평소처럼 술을 마시고 기분 좋게 잠들었을 것이다. 그 소리를 들으면 안심이 되기도 하고 한편으로는 한숨이 나오기도 했다.

아키코는 학창 시절에 알게 된 긴 머리에 청바지 차림의 남자 중 한 명과 취직하고 3년이 지났을 때까지 계속 사귀었다. 그 남자는 상장기업에 들어가더니 머리를 자르고 양복을 입었다. 지나치게 평범해진 그 모습을 보자 아키코는 왠지 연애 감정이 사라졌다. 머리를 기르고 청바지를 입던 시절에는 반항적이고 멋있었는데 차림새가 평범해지자 사람 자체가 너무 평범해 보였다. 학생 때는 이 세상을 뜨겁게 비판했으면서 취직하자마자 출세나 주식 얘기만 늘어놓기 시작해 가치관의 차이도 느꼈다. 그런데 남자 쪽은 아키코와 결혼하길 바랐고, 회사를 그만두고 전업주부가 되라고 요구했다. 이제 막 편집자로 경력을 쌓기 시작한 참이어서 아키코가 떨떠름한 태도를 보이자, 그는 이런 소리를 했다.

“어차피 여자잖아? 회사에서 뭐 대단한 일을 하지도 않을 거 아냐.”

“무슨 소리야. 내가 담당하는 작가만 몇 명인데. 나는 그 사람들의 책을 만들고 있다고.”

그러자 그 남자는 코웃음을 쳤다.

"그래서 언제까지 일하시려고. 어차피 나중에 그만둘 테니 일찌감치 그만두는 게 좋잖아. 아니면 애도 안 낳고 정년이 될 때까지 일하다가 할머니가 되어서도 혼자 살 생각이셔?"

학교 성적은 좋았을지 몰라도 고루한 사고방식을 갖고 있는 인간이다 싶어 아키코는 실망했다. 출판사의 남자 직원들은 이렇게 생각하지 않았다. 여자 직원 중에 결혼해서 애를 낳고도 일하는 사람도 있었고, 소문으로는 아키코의 가정처럼 결혼하지 않고 애만 낳아 키우면서 일하는 사람도 있다고 들었다. 출판사는 남자고 여자고 관계없이 좋은 책을 만들 수 있는 인재를 원했다. 아키코도 호되게 꾸지람을 듣고 울 뻔한 적도 있었지만, 그쯤은 사회인으로서 당연한 일이라고 생각했다. 자신이 그런 환경에 있다 보니 남자친구가 하는 소리를 듣자 앞으로 인생을 함께 살아갈 사람으로 여길 수 없었다.

계속 사귈 이유가 없다고 판단해, 그의 회사 근처 찻집에서 만나 헤어지자고 했다. 그러자 그는 순간적으로 당황한 표정을 짓더니, 갑자기 히죽히죽 웃기 시작했다.

"이, 이거 우연의 일치네. 나도 오늘 같은 말을 하려고 했는데."

지금까지 그가 헤어지고 싶다는 태도를 전혀 보이지 않았기에 아키코는 놀랐다.

“너희 집은 사정이 워낙 복잡하잖아. 우리 부모님이 그렇게 구질구질한 집안 딸은 안 된댔어.”

그는 그런 소리를 하면서 눈치를 살폈다. 상처받은 자존심을 꾸역꾸역 억지를 써서 지키려는 속내가 훤히 보였다. 아키코는 한숨을 푹 쉬고 말했다.

“그랬구나. 그럼 어쩔 수 없네. 지금까지 고마웠어.”

그러고는 자리에서 일어났다. 그 후로 그와는 만나지 않았다. 그때 머리끝까지 화가 나서 회사로 돌아오는 도중에 아키코는 당분간 남자는 됐다고 혼자 중얼거렸다. 때마침 요리 전문학교를 운영하는 선생님의 책을 만들던 중이라 아키코는 직접 요리를 만들어보기도 하면서, 독자가 이해하기 쉬운 요리책을 만들겠다는 의욕에 불타올랐다.

“요리는 말이지, 몇 시간이니 몇 분 같은 시간으로 재는 게 아니야. 큰술이나 작은술도 어디까지나 기준치일 뿐이고. 만드는 사람이 직접 눈으로 보고 귀로 소리를 듣고 코로 냄새를 맡으면서 오감으로 만드는 거야. 재료 앞에 서서 내가 뭘 하고 싶은지, 이 요리를 어떤 방향으로 끌고 갈 것인지 항상 염두에 둬야 해. 닥치는 대로 하는 게 아니야.”

선생님의 가르침이었다. 엄마도 요리를 업으로 삼은 사람이지만, 엄마가 요리하는 모습을 가까이에서 지켜본 적이 없었던 아키코는 선생님의 수려한 손놀림에 푹 빠졌다. 그리고 똑같은 재료를 써서 시험 삼아 만들어본 자신의 요리와 선생님의 요리가 천지차이인 점에도 놀랐다. 선생님은 다시마로 국물을 낼 때는 국물이 펄펄 끓기 전에 다시마를 꼭 건져야 한다고 했다. 보글보글 끓어 다시마가 흔들리기 시작할 때가 그 타이밍이라고 알기 쉽게 가르쳐주었다. 선생님의 말씀 한마디 한마디를 메모하고 만약을 위해 녹음도 하면서, 아키코는 책을 만드는 것이 얼마나 재미있는 일인지 실감했고 동시에 요리의 재미에도 눈을 떴다. 그래도 엄마를 도울 마음은 들지 않았다.

요리책이 호평을 얻어서 선생님과는 두 번째 책, 세 번째 책을 내며 계속 관계를 이어갔다.

"아키코 씨는 감각이 있네. 요리에는 역시 감각이 필요하거든. 엄마가 가족을 위해 만드는 가정 요리도 당연히 소중하지만, 돈을 받고 파는 요리는 가정 요리의 연장선이어선 안 돼. 그 둘 사이에는 아무래도 벽이 있거든."

선생님의 말씀을 듣고 아키코는 무척 기뻤다.

그때 아키코는 벌써 편집부 차장 대우로 승진해 부하 직원도 있었다. 직원들과 함께 작가나 관계자를 접대하는 일도 있었고, 직책상 참석해야 하는 모임도 있었다. 그런 덕분에 다양한 음식점을 알게 되었다. 일식, 교토식 고급 요리, 중국 요리, 이탈리아 요리, 토속 요리 등등. 음식점의 종류가 이렇게나 다양하다는 것에 새삼스럽게 놀랐다. 맛있다고 평판이 난 가게라도 그냥 그럴 때가 있었고, 널리 알려지지 않았어도 맛이 끝내주는 가게도 있었다. 맛을 느끼는 자신만의 식감을 이렇게 직접 먹어보면서 알아가는 것이구나, 하고 깨우쳤을 때 요리 선생님이 해주셨던 그 말씀이 떠올랐다.

엄마가 만드는 식당 음식은 가정 요리의 연장선이다. 문을 열고 지금까지 망하지 않았으니 어떤 매력이 있기야 있겠지만, 찾아오는 손님은 대부분 단골이다. 음식은 단순히 배를 불리기 위해 먹을 뿐, 손님들은 수다를 떨고 술을 마시며 왁자지껄 떠들려는 목적으로 온다. 요리책도 안 보고 다른 가게에 먹으러 가지도 않는 엄마가 대체 요리 실력을 어떻게 키웠을까, 아키코는 의문을 품었다 .

엄마는 아키코가 집에서 요리하는 것을 싫어했다. 자기가 만든 음식을 잠자코 먹으라며 대놓고 언짢아했다.

"소금을 겨우 그만큼 넣어서 무슨 맛이 나겠니!"

"말린 두부는 설탕을 팍팍 넣어야 맛이 난다."

아키코가 요리하는 모습을 훔쳐보며 시비를 걸고, 곁눈질로 냄비를 들여다보며 그렇게 트집을 잡았다. 아키코는 엄마의 그런 말에 대꾸하지 않았다. 대신 시간이 나면 자기가 먹을 요리를 묵묵히 만들었고, 자화자찬일지 모르지만 한 입 먹고 맛있다며 감탄한 적도 있다. 엄마가 만든 요리보다 직접 만든 요리가 입에 잘 맞았다. 엄마의 요리는 간이 너무 진했다. 나이를 먹을수록 간이 점점 더 진해졌다. 달콤하고 짭조름한 맛이 특징인 옛날 도쿄식 요리법인지 모르겠지만 아키코의 입에는 맞지 않았다.

엄마는 아키코의 얼굴을 봤다 하면 어디 좋은 사람은 없느냐, 얼른 결혼해야지 넋 놓고 있다간 데려갈 사람이 사라진다고 재촉하기 시작했다. 스님과 불륜을 저지른 엄마가 할 얘기는 아니라고 생각해 아키코는 한 귀로 듣고 한 귀로 흘렸다. 단골 아저씨들이 가져오는 맞선 얘기도 마찬가지로 흘려들으면서 출판사 일에만 몰두하다 보니 순식간에 마흔다섯 살이 되었다. 아키코는 엄마 곁을 떠나 혼자 살 타이밍을 놓쳐서 아쉬웠다.

"네 나이가 벌써……. 이제 글렀네."

한편 엄마는 딸의 결혼이 절망적이라며 한숨지었다. 단골 아저씨들도 지쳤는지, 아무도 결혼 가지고 아키코에게 잔소리를 늘어놓지 않았다.

그 사이에 엄마는 예순다섯 살이 되었다. 몇 년 전부터 주방에 보조 직원을 두었는데 다들 금방 그만둬버렸다. 간이 안 맞는다고 지적하면 순순히 따르지 않고 그만둔다며, 엄마가 화를 냈다. 차라리 동네 주부를 아르바이트로 쓰는 게 낫겠다 싶어 고용했더니, 이번에는 애들 학교에 간다느니 뭘 배우러 간다느니 하며 툭하면 쉬었다. 그때는 50대 후반의 말수 적은 중년 여자가 일하고 있었다.

"하여간 요즘 젊은 것들은 문제야."

엄마는 담배에 불을 붙이고 연기를 후, 내뿜었다. 아키코는 가게 경영에 끼어들 입장이 아니어서 잠자코 듣기만 했다. 엄마의 불평을 묵묵히 듣는 날이 오래도록 이어지리라 믿었는데 느닷없이 끝나고 말았다. 엄마는 평소처럼 가게 문을 닫고 단골 아저씨들과 수다를 떨던 중에 쓰러져 그대로 돌아가셨다. 회사에서 일하는 중이었던 아키코는 엄마가 실려 간 병원으로 급히 달려갔지만, 임종을 지키지 못했다. 병원에는 단골 아저씨들이 침울한 표정으로 모여 있었다.

“아키코, 네 엄마가 이렇게 되다니.”

다들 울고 있었다. 아키코는 아저씨들에게 엄마를 병원으로 옮겨주어 고맙다고 말했다.

“하필 이런 일이 생기다니.”

“뭐든 힘든 일이 있으면 이야기하렴.”

아저씨들은 코를 훌쩍이며 돌아갔다. 아키코는 두 번 다시 눈을 뜨지 못할 엄마에게 말을 걸었다.

“사이좋은 단골손님들과 어울려서 마지막까지 행복했겠네, 엄마.”

엄마는 혈육이라고는 단 하나뿐인 여동생과도 사이가 나빠 생전에 연락을 주고받지 않았다. 그래서 아키코는 이모의 연락처도 몰랐다. 엄마의 장례식에는 혈연관계가 아닌 단골 아저씨들과 상점가 사람들, 그리고 아키코의 친구 정도만 참석했다.

그 후로 주인을 잃은 식당은 문을 닫았다. 보조 직원인 중년 여자에게는 미안한 마음을 담아 퇴직금을 넉넉히 챙겨주고 그만두게 했다. 단골 아저씨들이 앞으로 어떻게 할 건지 물었지만 너무 갑작스러운 일이라 아무 생각도 나지 않았고, 엄마는 유언장도 남기지 않았다. 상속 문제도 있으니 뭐라도 남겼을 거란 생각에 옷과 가방으로 꽉꽉 채워진 벽장과 서랍장을 뒤졌더니, 쭈글쭈글한 셔츠 사이에 통장이 세 개 들어 있었다. 하나는 가게용, 다른 하나는 엄마 명의, 마지막 하나는 아키코의 명의였는데 정기적으로 돈이 입금되어 있었다. 최근에도 입금이 있었던 점으로 미루어 엄마가 계속 돈을 넣은 모양인데, 잔액은 눈이 휘둥그레질 정도로 많았다. 그리고 통장 커버에 오래된 작은 쪽지도 끼워져 있었다. 본 적 없는 글자로 '아빠가 아키코에게'라고 적혀 있었다. 이런 통장이 있는 줄은 전혀 몰랐다. 아버지의 글씨가 이렇구나 싶어 눈에 새길 듯이 들여다보았다. 엄마는 아버지에게 받은 통장에 계속 돈을 넣어 잔액을 불린 것이다.

"이런 게 있으면 말을 해줘야지."

아키코는 한숨을 쉬고 통장을 서랍장에 넣어두었다. 관공서에 꼭 해야 하는 신고는 했지만 다른 일은 손댈 엄두가 나지 않았다. 산더미처럼 쌓인 회사 일을 처리하는 것이 급선무였다.

가게 셔터를 내려놓았더니 누군가가 새까만 스프레이로 뜻 모를 낙서를 해놓았다. 또 회사로는, 어떻게 알았는지 부동산 중개소에서 집을 팔라거나 임대할 마음은 없냐는 전화가 빗발

쳤다. 회사 일에 방해가 되거나 큰돈이 얽히는 일은 생각하기도 싫었다.

회사가 쉬는 날, 가게 앞을 쓸고 있는데 건너편 찻집의 주인 아주머니가 투덜거렸다.

"셔터를 내린 가게가 있으면 분위기가 다 가라앉아. 회사에 다니니까 어쩔 수 없겠지만, 빨리 다른 사람한테 가게를 세놓든지 무슨 수를 써야 하지 않겠어?"

엄마의 식당에서 밥을 먹은 후 찻집에서 커피를 마시는 손님도 많았으니, 아주머니의 가게도 다소 손해를 보는지도 모른다.

출판사에서 일할 때면 가게 문제는 까맣게 잊어버리지만, 밤늦게 상점가를 걸으면 어떻게든 손을 쓰긴 해야 한다는 생각이 들었다. 세를 놓는 것이 아키코에게 가장 편한 길이겠지만, 부동산 중개소와 거래하려면 성가실 것 같았다. 또 만에 하나 세 든 사람이 문제를 일으키기라도 하면 주변 가게에도 폐를 끼친다. 얼마 전에도 아키코와 비슷한 처지인 어물전 아들이 상점가 정중앙에 있는 점포를 리모델링해 반은 게임센터, 반은 술집으로 꾸몄다. 여기까진 좋았는데, 늦은 시각까지 젊은이들이 어슬렁거리며 소동을 피우고 길바닥을 더럽혀 상점가의 골칫거리가 되었다.

그러던 중에 신세를 졌던 요리 학교 선생님의 새 책 기획안이 편집회의에서 통과됐다. 요리책이 아니라 선생님이 살아오신 인생에 대해 집필해달라고 의뢰하기 위해, 지금은 전문학교의 이사장이 된 선생님을 방문했다. 연하장과 여름 문안 엽서는 주고받았지만 직접 만나는 것은 오랜만이었다. 선생님은 흰머리만 깔끔하게 묶고 화장기는 전혀 없었는데, 그 모습이 어딘지 멋스럽게 보여 아키코는 감탄했다. 인사를 하고 기획안을 설명한 후 집필 승낙을 받았다. 그리고 차를 마시며 담소를 나누다가 아키코는 무심코 현재 자기 상황을 털어놓고 말았다. 엄마가 식당을 운영했던 것을 지금껏 말하지 않았기에 선생님은 놀라면서도 고개를 끄덕이며 고민을 들어주었다.

"아키코 씨가 하면 되잖아?"

선생님은 그렇게 한마디 하고는 부드럽게 웃었다. 요리는 좋아하지만 식당 운영이라니, 생각해본 적도 없었다.

"하지만 저는 초보고, 조리사 자격증도 없는데요……."

"처음엔 누구나 다 초보야. 자격증은 지금부터 공부해서 따면 되고."

선생님은 아키코가 보는 앞에서 내선 전화를 걸어 비서에게 학교 입시 요강을 가져오게 했다.

"지금 훌륭한 일을 하고 있으니 내가 함부로 관여할 상황은 아니지만, 아키코 씨는 감각도 있고 무엇보다 음식을 소중하게 여기는 사람이야. 요즘 세상은 먹거리를 너무 소홀하게 여겨. 정말 안타까운 일이지."

아키코는 선생님이 집필 의뢰를 흔쾌히 받아준 데다 갑자기 식당을 해보라는 말까지 들어 정신이 멍해졌다. 돌아오는 전철에서 '내가 식당을? 식당을 한다고?'라며 같은 말을 수없이 반복했다. 밤에 집으로 돌아와 침대에 누워서 요리 전문학교의 입시 요강을 살펴보았다. 이런 학교는 열여덟 살 전후 학생들이 주로 다닐 것이다. 자신은 지금 하는 일도 있거니와, 선생님의 말씀도 인사치레로 한 칭찬이 틀림없다. 도저히 못 할 것 같았다.

보름 후 연례 인사이동이 있었다. 입사 후 20여 년 동안 이 출판사에 다닌 아키코는 인사 발령을 보고 당황했다. 경리부로 발령이 난 것이다. 상사에게 이유를 물었지만 납득할 만한 대답은 듣지 못했고, 부부장 대우로 승진해서 가는 것이니 오히려 잘된 것 아니냐고 했다.

"주산도 잘하잖아?"

상사는 이런 말까지 했다. 요즘 세상에 어떤 회사에서 경리 업무를 주산으로 한단 말인가. 책을 좋아해서 출판사에 들어왔는데 책을 직접 만들지 못한다면 괴로울 것이다. 회사 명령이라고 해서 어떤 곳이 됐든 순순히 이동하긴 싫었다.

실망한 채 집으로 돌아와 목욕을 하며 생각했다. 나이를 보아 다시 편집부로 돌아갈 기회는 없다. 그래도 이대로 다니면 정년까지 월급은 보장된다. 눈을 감고 고민하는데 선생님의 얼굴이 떠올랐다. 어쩌면 그때 그 말씀은 인사이동의 복선이 아니었을까? 선생님의 성스러운 분위기가 꼭 예언자 같았다고 생각하며 침대에 누웠다. 다음 날 커튼을 열고 눈앞에 펼쳐진 화창한 푸른 하늘을 본 순간, 아키코는 회사를 그만두기로 마음먹었다.

곧바로 선생님에게 전화를 걸어 사정을 얘기하자, 선생님은 담당 편집자가 아키코가 아니라면 글을 쓰지 않을 테니 회사를 그만둔다면 책 집필은 없던 일로 하자고 했다. 그보다도 아키코가 다음 단계로 나아가는 것이 기대된다고 들뜬 목소리로 말했다.

회사를 그만둔 아키코는 자기보다 나이가 절반 이상은 어린 학생들과 함께 1년 동안 조리사 자격증을 딸 수 있는 코스를 수강했고, 자격증 시험에도 합격했다. 집 근처에서 가끔 마주치는 단골 아저씨들은 가게를 어떻게 할 건지 묻곤 했다. 그때마다 대충 얼버무렸다. 요리 전문학교 졸업식 날 선생님이 아키코의 손을 꼭 붙잡고 응원해주었다.

"힘든 일이 있으면 언제든 연락해."

아키코는 그 말에 눈물이 날 뻔했다.

아키코가 준비를 마쳤으니 그다음은 가게 리모델링이다. 초록색 벽에 대들보가 그대로 드러나고, 큼지막한 장기짝이나 부채, 푸르게 염색한 천, 전통 목각 인형을 장식해 놓은 엄마의 구식 인테리어를 그대로 끌고 갈 마음은 없었다. 단골 아저씨들에게는 미안하지만 엄마처럼 가게 문을 닫은 후에 술잔치를 벌이지도 않을 것이다. 아키코는 자신이 원하는 대로 가게를 꾸리고 싶었다.

오랫동안 내려져 있던 셔터가 올라가고 리모델링 공사를 시작한 것을 보고 단골 아저씨들은 난리가 났다. 대체 뭘 어떻게 할 건지 귀가 따갑게 물어보는 아저씨들에게 아키코는 준비를 완벽하게 마치면 안내장을 보내겠다는 말만 되풀이했다. 공사를 시작하기 전에 내려져 있던 셔터 앞에다 아무렇지 않게 쓰레기를 쌓아둔 옆집 휴대폰 가게에 알리러 갔다.

"아, 그래요?"

젊은 사장은 심드렁하게 반응했다.

"먼지도 많이 날리고 시끄러워 죽겠네."

건너편 찻집 아주머니도 그렇게 핀잔을 줬다. 상점가에서 장사하는 것도 보통 일은 아닐 것 같았다.

선생님을 찾아가 메뉴를 의논하고 기본 방향을 정한 후로 몇 번이나 시식을 해보았다. 간 맞추기가 관건이었다.

"프로의 맛은 소금이 핵심이야. 당연히 천일염을 써야지. 맛 좋은 초밥집에서 쓰는 단촛물에는 소금이 생각보다 많이 들어가. 그 정도 양을 과감히 넣을 수 있는지가 중요한 거야. 아무튼 아키코 씨의 간은 아주 좋아. 당신 입맛을 믿으면 되겠어."

선생님의 말씀에 조금은 마음을 놓고 메뉴를 몇 가지 고안했다. 그렇다고 특별한 음식은 아니고, 포만감 있는 샌드위치와 수프에 샐러드인 일반적인 메뉴였다.

아키코가 구상한 인테리어 이미지는 하얀 벽에 말끔한 기둥이 천장까지 뻗어 있는 수도원 식당 같은 느낌이었다. 벽은 규조토로 해달라고 의뢰했다. 엄마가 쓰던 낡은 테이블과 의자, 전통무늬가 새겨진 식기는 전부 처분했다. 대신 커다란 원목 테이블을 세 개 두고, 디자인이 다른 원목 의자를 네 개씩

놓았다. 손님이 많을 때면 의자를 더 놓을 공간도 있다. 식기들은 아이보리와 연한 베이지색 위주로 갖췄고, 생화 이외의 장식은 하지 않기로 했다.

아키코의 요청대로 산뜻하고 심플하게, 가게 인테리어가 완성되었다. 큼지막한 원목 테이블을 두니 지나치게 차분해 보였지만 군데군데 꽃을 장식하면 서로 돋보이게 해줄 거라고 아키코는 생각했다. 불안하고 망설여질 때도 있었지만, 머릿속으로 그린 풍경이 현실이 되어가자 뭐라 말할 수 없는 둥글고 뜨거운 것이 가슴속에서 벅차올라 몸이 따뜻해졌다.

그러나 사람이 먹는 것을 만드는 일에는 어마어마한 책임이 따른다. 그 점을 생각하면 감히 자신이 그런 일을 해도 될지 두려움도 느꼈다. 아키코는 개업을 앞두고 불안하기도 하고 들뜨기도 한 나날을 보냈다.

2

가게를 도와주는 시마 씨는 여자 종업원을 구한다는 전단지를 가게 문에 딱 하루만 붙였는데 그걸 보고 응모한 사람 중 하나였다. 불경기 탓인지 스무 명이나 찾아와서 아키코는 입이 떡 벌어졌다. 여자를 구한다고 썼는데 20대, 30대, 심지어 60대 남자까지 연락해서 제발 어떻게 안 되겠냐고 간청하기도 했다. 마음은 아팠지만 거절했다. 친구가 구인 광고를 보고 알려줬다며 찾아온 사람도 많았다. 아키코는 자기 눈으로 전단지를 본 사람이어야 인연이 있다고 생각했지만, 본인이 그 자리에 없어도 정보란 순식간에 전해지는 법이다. 그렇다고 구인 광고를 직접 보지 않았으니 안 된다고 거절할 수도 없는 노릇이라, 아키코는 아니꼬운 소리를 했던 건너편 찻집에서 면접을 보았다.

찻집 주인아주머니는 면접 풍경을 흥미진진하게 지켜보았다. 면접을 보러 사람이 올 때마다 아키코가 음료를 주문하자 태도가 좋아졌다.

아키코는 나이가 제각각인 스무 명의 여자와 만나면서 '세상엔 참 다양한 사람들이 있구나' 하고 새삼스럽게 감탄했다. 이력서를 앞에 놓고 자기가 얼마나 유능한지 열성적으로 주장하는 사람, 자기 요리 실력이 얼마나 대단한지 자랑하는 사람, 서비스업에는 자신 있다는 사람, 나중에 푸드스타일리스트나 요리연구가가 되고 싶다는 사람도 있었다. 그들 중에 직접 구운 쇼트케이크를 가지고 온 40대 여자도 있었다.

"다들 맛있다고 칭찬해요."

퍽 자랑스럽게 말했다.

"저희는 케이크 종류를 팔 예정은 없어요."

미리 말해두고 찻집에서 포크와 접시를 빌려 한 입 먹었는데, 반죽을 너무 오래 저었는지 스펀지는 딱딱하고 크림도 걸쭉해서 시간이 한참 지나도 입이 느끼했다. 딸기도 약간 상한 것 같았고, 볼품도 없었다.

"어때요?"

여자는 눈을 반짝이며 물었다. 아키코가 솔직하게 말했더니 그녀는 발끈해서 대뜸 화를 냈다.

"남편이 박봉인 회사원이라 비싼 재료는 살 수가 없어요. 그러니 우리 집 수준에선 최선이라고요. 그래도 이 정도면 괜찮지 않나요?"

아키코는 그 말에는 대답하지 않고 잠깐 잡담을 나눈 뒤 돌려보냈다.

아키코는 면접자들의 이력서를 보지 않았다. 사람을 구할 때, 이력서가 그다지 도움이 되지 않는다는 것을 알고 있었다. 출판사에 다니던 시절, 직원을 뽑을 때 이력서나 자기소개서를 참고하긴 했지만 시험에 합격해 입사한 사람들이 모두 우수하진 않았다. 당연히 사람마다 장단점이 있으므로 회사의 역할은 그들을 잘 활용하는 것이지만, 그 전에 인간으로서 문제가 있는 사원도 많았다. 시치미 뚝 뗀 얼굴로 거짓말을 하는 사람, 남을 흠잡으려고 하는 사람, 자기 권리만 주장하고 의무는 다하지 않는 사람, 부하에게는 으스대고 상사에게는 굽신굽신 비위를 맞추는 사람 등등. 다들 알아주는 대학을 나와 어려운 시험에 통과해 입사한 사람들이었지만, 한숨만 나왔다.

그래서 아키코는 자기 직감을 믿고 가게에서 일할 사람을 고용할 생각이었다. 그런데도 다들 이력서를 들고 왔고, 면접을 시작하자마자 "월급이 얼마예요?"부터 묻는 사람이 태반이었다. 그중에 딱 한 명, 이력서를 들고 오지 않은 사람이 시마 씨였다. 찻집에서 기다리고 있는데 시마 씨가 천천히 들어왔다. 160센티미터인 아키코보다 키가 크고 피부색이 건강해 보였으며 머리는 짧게 잘랐다. 어깨가 다부지게 벌어진 체격이었다. 앉아 있는 아키코를 보고 그녀가 성큼성큼 다가와 이름을 말한 뒤 이렇게 물었다.

"급하게 오느라 이력서를 챙기지 못했어요. 편의점에서 사와서 써도 될까요?"

"이력서는 없어도 괜찮아요."

아키코가 말하자 그녀는 조금 놀란 표정을 짓더니 죄송하다고 고개를 깍듯하게 숙였다. 아키코는 인사하는 그 모습이 우선 마음에 들었다. 예의와 마음이 담긴 인사였다.

누굴 닮았다 싶었는데, 프로 골퍼 후도 유리 선수였다. 경박하지 않고 말수 적은 지장보살 같은 분위기가 비슷했다. 시마 씨는 자신의 장점을 적극적으로 내보이려 하지 않았고, 지원 동기도 단순하게 '일해야 하니까'였다. 엄마 식당에도 한 번

온 적이 있다고 했다. 일주일 전에 일하던 편의점이 문을 닫아 일자리를 잃었는데 먹고살려면 얼른 일을 찾아야 한다고 고민하며 산책 겸 길을 걷다가 전단지를 발견한 것이다.

"그럼 이 근처에 살아요?"

"네, 걸어서 15분쯤 걸려요. 슈퍼마켓 뒤에 커다란 은행나무가 있는 공원이 있는데, 바로 그 옆이에요."

"아, 거기에 연립주택이 두 동 있었죠? 내가 기억하기론 그런데."

"옆 건물은 아파트로 바뀌었지만, 제가 사는 건물은 그대로예요."

"어머, 지금도요?"

"네, 집주인이 지은 지 40년이나 됐다고 하시더라고요."

재건축과 재개발이 빈번한 이 부근에 예전 모습 그대로 남은 주택이라니 신기했다. 시마 씨의 설명을 들어보니, 여든을 넘은 집주인 할머니는 재건축을 권하는 부동산 업자가 마음에 안 드는지, 시마 씨와 마주칠 때마다 두 주먹을 꽉 쥐고 씩씩거린다고 했다.

"내가 속아 넘어갈까 봐!"

시마 씨의 아버지와 오빠는 어부이고 어머니도 항구 시장에서 일을 돕는다고 했다.

"생선 손질은 자신 있어요."

요즘 사람답지 않아 아키코는 시마 씨가 마음에 들었다. 초등학생 때는 야구, 중·고등학생 때는 소프트볼부에서 투수로 활약했다고 한다.

"그래서 몸이 튼튼하군요."

"체형은 아버지를 쏙 빼닮았어요. 어깨 힘이 세서 중학교 때 선생님이 투수를 해보라고 권하셨어요."

중학교 때는 그런대로 유명했지만, 체육 특기자로 추천을 받아 입학한 고등학교가 소프트볼 강호여서 입학 후에는 계속 후보 선수에 머물렀다고 했다.

"배팅볼 투수나 마찬가지였어요. 공식 시합에는 한 번도 못 나갔어요."

프로팀의 스카우트 제의는 없었고 고등학교를 졸업한 뒤 고향에서 취직했지만, 인간관계에 지쳐 도쿄로 올라왔고, 그 후로 5년간 아르바이트만 하며 살았다고 털어놓았다.

"아르바이트만으론 힘들지 않아요? 보너스도 없잖아요."

"먹고살 수만 있으면 돼요. 오래된 주택이라서 월세도 저렴하고요. 살기 힘들다 싶으면 도심에서 벗어나면 되니까요."

시마 씨는 자기 비하하는 기색 없이 담담했다.

아키코는 남녀 불문하고 의욕이 넘치는 사람은 조금 부담스러웠다. 상승 지향적인 태도는 물론 바람직하겠지만, 그런 성격과는 거리를 두고 싶어진다. 시마 씨는 그런 면이 없고 태도나 말투도 남을 공격하는 스타일이 아니어서 대화를 나누면 편했다. 아키코는 내심 시마 씨를 점찍었으나 면접 볼 사람이 몇 명 더 남아서 그 자리에서 채용하진 않았다. 이후 아키코의 마음을 바꿀 사람은 결국 나타나지 않았다.

"정말요? 감사합니다!"

채용하겠다고 연락하자, 말수 적은 지장보살 같은 시마 씨의 목소리가 들떠 있어 아키코까지 덩달아 기분이 좋아졌다. 사전 협의를 위해 가게로 온 시마 씨는 다시 한 번 고개 숙여 감사하다고 인사했다. 어려서부터 운동부 활동을 하며 배운 덕분인지 인사를 잘해서 마음에 들었다. 회사에 다니면서 절실하게 느꼈는데, 요즘 젊은 사람들은 인성보다는 성적 위주의 교육을 받은 모양인지 입사해서는 남에게 인사할 줄 몰랐고 심지어 사과 하나 제대로 못 했다.

"우리가 부모도 아닌데 이런 것까지 일일이 가르쳐야 해?"

상사는 그렇게 말하면서 한숨을 쉬기도 했다. 이젠 그런 일을 안 해도 되는 것만으로도 기뻤다.

아직 문 열기 전인 살풍경한 가게 안으로 들이자, 시마 씨가 사방을 둘러보면서 솔직하게 말했다.

"와, 굉장히 깔끔하네요."

"내가 복작복작한 걸 안 좋아해서요. 그래도 꽃을 장식하면 화사해질 거예요."

"멋있겠어요."

시마 씨가 싱긋 웃었다.

"좁기도 하고, 테이블을 많이 놓긴 싫어서 이렇게 했어요."

"운동부 합숙소가 이런 분위기였어요."

"아, 듣고 보니 그러네."

누가 봐도 식당 같은 분위기라면 괜찮겠다 싶어 아키코는 자기 안목에 만족했다.

"요즘 유행하는 가게 중에 작은 테이블만 두는 곳이 있잖아요. 저는 체구도 크고 많이 먹어서 매번 테이블 공간이 부족하단 생각이 들었어요. 그런 곳은 별로거든요."

"여기라면 편할 거예요."

"네."

시마 씨가 또 웃었다. 웃으니 애교가 있었다. 마음이 담기지 않은 서비스용 미소가 아니라서 손님들에게 호감을 줄 것 같았다.

"여기에 이렇게 해서 내려고 해요."

아키코는 나무 쟁반을 꺼내 디자인이 심플한 컵, 접시, 볼 등을 배치했다.

"처음에는 샌드위치랑 수프를 각각 두 종류씩 준비해서 시작할 거예요. 빵은 식빵을 기본으로 두고 그날그날 바게트, 베이글, 뤼스티크로 바꿀 거고."

아키코가 마음에 드는 것을 그때그때 골라 샀기에 세트는 아니지만 얇은 그릇과 도톰한 질그릇 모두 아이보리, 회색, 베이지, 갈색, 녹색 등 자연스러운 색감에 심플한 디자인이다. 볼은 샐러드와 수프를 다 담을 수 있는 것을 골랐다. 과일을 담을 자그마한 그릇은 유리 제품이다.

식재료 매입은 요리 전문학교 선생님이 소개해준 레스토랑 셰프에게 도움을 받았다. 선생님은 가게를 처음 오픈할 때만 가르쳐주라고 당부하셨다고 한다. 셰프도 아키코의 가게를 두고 이러쿵저러쿵 묻는 일 없이 필요한 내용만 듣고 시장 정보를 알려주었고, 저농약 혹은 무농약으로 신선한 채소를 재배하는 근교 농가에 데려가주었다.

요리책을 만들 때도 선생님을 따라 시장에 간 적은 있었지만, 새벽에 셰프를 따라 시장을 돌아보려니 처음엔 긴장이 앞섰다. 그래도 차츰 가게 주인과 흥정도 할 수 있게 되었고, 마음에 드는 재료를 고를 때면 가슴이 뛰었다.

규모는 작아도 농가 사람들이 가족끼리 양심적으로 채소를 키우는 마음을 십분 헤아렸고, 그 마음을 자기가 만드는 요리로 이어나가겠다고 다짐했다. 셰프에게는 대단히 신세를 졌지만 계속 그에게 부담을 줄 수 없으니 앞으로는 시마 씨와 둘이 꼼꼼하게 식재료를 사들여야 한다. 빵도 지금은 다른 가게에서 받아오지만 여유가 생기면 직접 굽고 싶다. 꿈은 점점 부풀어갔지만, 앞으로 무슨 일이 벌어질지 짐작도 할 수 없었다.

"체력에는 자신 있으니까 뭐든 시켜만 주세요. 요즘 초식남들과 달라서 무거운 짐도 얼마든지 옮길 수 있어요."

시마 씨 덕분에 마음이 든든했다. 가게도 종업원도 원하던 대로여서 예감이 좋았다. 아키코는 순풍에 돛을 단 배처럼 일이 술술 풀리는 기쁨을 만끽했다.

엄마 식당의 단골손님인 아저씨들은 물론이고 친구나 출판사 동료에게도 개업 날짜를 알리지 않았다. 그 탓에 가게 앞에는 빨갛고 하얀 리본이 달린 개업 축하 화환도 없었다. 가게 안에는 직접 산 분홍색 알스트로에메리아 열몇 송이를 꽂은 커다란 꽃병을 장식했고, 테이블에는 새하얀 거베라를 꽂은 꽃병을 두었다. 바닥에 놓은 큼지막한 항아리에는 상점가에서 산 이파리 달린 가느다란 나뭇가지를 자연스럽게 꽂았다.

오전에 개업 준비를 하고 있는데, 출입문 옆 창문 너머로 몇몇 사람이 안을 들여다보았다. 느닷없이 가게를 연 셈이나 마찬가지니 다들 궁금할 것이다. 저들 중에 몇 명이나 와줄지 속으로 생각하며 재료를 준비하는데, 시마 씨가 유리창에 얼굴을 바싹 들이댄 아저씨를 발견했다.

“아키코 씨, 저 사람 얼굴이 호빵맨 같아요.”

아키코가 고개를 들어 보니, 엄마 식당의 단골손님이었던 스다 씨였다.

단골 가게가 문을 닫았고 식당 아줌마의 딸은 뭘 물어도 시큰둥하니, 앞으로 어떻게 할 건지 궁금하던 차에 예전과는 전혀 다른 가게가 생겼다. 그러니 뺨이 짓눌릴 정도로 유리창에 얼굴을 바싹 대고 엿보고 싶어졌을 것이다. 스다 씨가 조심스럽게 문을 두드리는 것과 아키코가 앞치마에 손을 닦으며 문을 연 것은 거의 동시였다. 문이 갑자기 열려 화들짝 놀란 스다 씨는 눈을 휘둥그렇게 떴다.

"잘 지냈니? 이게 무슨 일이냐, 아키코. 내가 얼마나 걱정했는지 알아?"

마치 토라진 아이처럼 몸을 배배 꼬았다.

"잘 지내셨어요? 죄송해요. 어중간한 상태에서 말씀드리면 일이 복잡해질 것 같아서 아무에게도 알리지 않았어요. 걱정을 끼쳐서 죄송합니다."

아키코는 고개를 숙였다.

"그래. 뭘 어쩌려는 건지 걱정되더라고. 너는 회사에 다니니까 어쩔 셈인가 싶어 계속 마음에 걸렸어."

아키코는 몇 번이나 고개를 숙이며 지금까지 있었던 일을 설명했다.

"허허, 그랬구나."

스다 씨도 고개를 끄덕이며 이야기를 듣더니, 가게 안을 쓱 둘러보고는 중얼거렸다.

"이렇게 됐으니 서둘러 알려줘야겠네. 그럼 또 오마."

스다 씨는 휴대폰을 들고 손을 휙휙 저으며 뛰어갔다.

"엄마 식당의 단골손님이었어요."

설명을 들은 시마 씨는 스다 씨가 달려간 방향을 쳐다보며 말했다.

"워낙 달라져서 많이 놀라셨겠네요."

12시에 문을 열려고 분주하게 재료를 준비하는데, 스다 씨에게 연락을 받은 야마다 씨를 비롯해 단골 아저씨들이 잇따라서 나타났다. 밖에서 봐도 예전과는 분위기가 전혀 달라 궁금한지 다들 성큼성큼 안으로 들어와 둘러보았다.

"여긴 뭐 하는 데야?"

술버릇이 가장 나빴던 아저씨가 물었다.

"보면 모르나. 식당이잖아."

야마다 씨가 소리를 낮춰 나무랐다.

"식당이라고? 썰렁하구먼. 아무것도 없잖아."

"이 사람이, 말을 함부로 하면 쓰나. 아키코는 이런 게 좋은 거야. 가게 주인이 바뀌면 당연히 분위기도 달라지는 거 아니겠어."

"그래도 말이야, 이런 데서 차분하게 밥을 먹을 수나 있겠어? 내 집 안방 같던 분위기가 좋았는데."

야마다 씨는 툴툴대는 아저씨를 가로막듯이 서서 아키코에게 몇 번이나 목소리를 낮춰 사과했다.

"미안하구나, 정말 미안해."

무슨 소리를 들어도 아키코는 아무렇지 않았다. 맛은 둘째로 쳤던 엄마 식당에 오래 다녔던 손님들인 만큼 가게를 진심으로 사랑했을 것이다.

'하지만 저는 엄마의 내 집 안방 같은 가게를 물려받고 싶진 않아요.'

아키코는 속으로만 대답했다. 다른 아저씨들까지 총 열 명 이상이 삼삼오오 찾아와 가게 안팎에서 자기들 마음대로 떠들어댔다. 지나가던 사람들도 아저씨들을 보고 무슨 일인가 싶은 표정을 지었다.

"아키코 씨, 저 아저씨들 어쩌죠? 다들 쳐다봐요."

시마 씨가 걱정스럽게 물었다.

"괜찮아요. 지금까지 내가 아무 말도 안 하는 바람에 다들 놀라서 그런 거니까."

가게 앞 아저씨들의 말이 드문드문 아키코의 귀에 들렸다.

"이거야 원."

"흠흠."

"뭘 하겠다는 건지."

그러나 그런 말 한마디 한마디에 동요할 여유가 없었다.

"빵의 끝에서 끝까지 버터를 꼼꼼하게 발라야 해요. 통밀빵이나 천연효모로 만든 빵이라 바르기 어려우니까 조심하고."

시마 씨는 커다란 몸을 굽혀 버터나이프와 힘들게 씨름하고 있었다.

“앗, 빵을 파버렸어요.”

끔찍한 실수를 저질렀다는 표정으로 시마 씨가 아키코를 보았다.

“괜찮아요. 그건 시마 씨가 점심에 먹으면 되니까. 다른 빵과 섞이지 않게 따로 둬요.”

그렇게 멀리까지 가져가지 않아도 되는데 싶어 웃음이 나올 정도로 시마 씨는 손에 든 빵을 주방 가장 구석에 두고 돌아왔다.

재료 준비를 마친 뒤, 아키코는 조그만 입식 양면 칠판에 분필로 메뉴를 적어 가게 밖에 내놓았다.

식사 천 엔 (세금 포함)

샌드위치, 수프, 샐러드, 과일 디저트

(빵은 두 종류 - 통밀빵과 천연효모빵 중에서 고를 수 있습니다.)

마치 영화 〈십계〉의 한 장면처럼 아저씨들 무리가 아키코를 중심에 두고 좌우로 갈라졌다.

"이게 뭐지? 뭐라고 쓴 거야?"

아저씨들이 칠판을 들여다보았다. 안경 렌즈를 정성껏 닦는 사람까지 있었다.

"가게에서 파는 메뉴예요."

아저씨들은 칠판을 위에서부터 아래까지 쭉 훑어보았다. 아까부터 가장 불평이 많은 술버릇 나쁜 아저씨가 입을 열었다.

"이게 다냐?"

"저랑 종업원 둘이서 하니까 메뉴를 다양하게 준비할 수 없어서요."

"너무 적잖아. 메뉴가 더 많아야지. 이런저런 손님들이 올 거 아니냐. 이러면 금방 질릴 거다. 네 엄마도 혼자 한 거나 마찬가진데 벽에 메뉴를 잔뜩 붙여두셨어. 이러면 쓰나."

그는 한숨을 내쉬었다.

엄마가 그렇게 할 수 있었던 것은 대형 냉장고에 냉동식품을 어마어마하게 쌓아뒀기 때문이다. 완조리 식품을 전자레인지에 돌려서 내놓는 일도 종종 있었다. 그건 엄마의 방식이고 아키코는 그러고 싶지 않았다. 메뉴가 적더라도 가능한 한 좋은 식재료를 써서 하나하나 정성을 담은 요리를 내놓고 싶었다.

"안 돼, 이래선."

한숨까지 섞어 안 된다고 하는 소리를 듣자 아키코는 조금 불안해졌다.

그저 순진하게 꿈만 추구하는 건지도 모르겠다는 생각이 들었다. 가게란 엄마처럼 하지 않으면 유지하기 어려울지도 모른다. 하지만 그건 엄마가 일을 크게 벌인 결과다. 자신처럼 처음에는 두 종류만 하는 방침으로 밀고 나가면 감당하기 어려운 상황에 처하진 않을 것이다.

한 손님이 한꺼번에 여러 메뉴를 시키지 않을 테고, 매일매일 구성물이 달라지니까 쉽게 질릴 일도 없을 것이다. 그보다는 '그 식당에 가면 그걸 먹을 수 있다'라는 기대를 품게 하는 가게를 만들고 싶었다. 하지만 아저씨들에게 말해봤자 무의미한 얘기이니 아키코는 입을 꾹 다물고 가게 안으로 돌아왔다.

12시가 되자마자 스다 씨를 포함해 단골 아저씨 세 명이 첫 손님으로 와주었다. 아저씨들은 어리둥절한 표정으로 가게 안을 두리번거렸다.

"허허, 이렇게 변했구나."

눈을 내리깔고 작은 소리로 수군거리면서도 모두 주문을 했다.

"감사합니다."

시마 씨가 주문표를 손에 들고 돌아왔다. 컴퓨터로 처리하는 설비를 갖추지 않아 금전출납기 이외에는 전부 아날로그식이다. 넓은 테이블 구석에 아저씨 셋이 어쩔 줄 모르고 앉아 있었다. 이따금 테이블 너머로 몸을 내밀고 뭐라고 대화를 나눴다. '가정식 가요'에는 텔레비전도 있고 엮어서 철해 놓은 주간지나 스포츠 신문도 있었다. 여기엔 그런 것들이 하나도 없으니 그들도 기다리기 지루할 것이다.

아키코는 일부러 큼직큼직하게 썬 채소를 듬뿍 넣어 만든 수프의 맛을 보고, 시마 씨에게 쟁반을 3인분 준비해달라고 했다.

"네."

시마 씨가 긴장한 표정으로 그릇을 차렸다. 아키코가 조리를 하면서 어떤 색의 그릇을 쓰는지 궁금해서 보니, 베이지와 녹색과 갈색을 배열했다. 아저씨들의 옷과 같은 색을 선택한 모양이다.

"한눈에 알 수 있어서 좋네."

아키코가 말을 걸자 시마 씨는 싱긋 웃으며 고개를 끄덕였다.

다음으로 젊은 여자 두 명이 들어왔다. 서른 안팎 정도 나이로 보였다. 시마 씨가 주문을 받으러 갔다.

"통밀빵 샌드위치요."

시마 씨가 돌아와 주문을 말해주고는 서둘러 쟁반과 그릇을 세팅했다. 일일이 지시하지 않게 되자 아키코도 안심이 되었다. 그러는 사이 첫 번째 손님인 단골 아저씨들의 메뉴가 완성되어 그들 앞에 쟁반이 놓였다.

"오호, 맛있겠는데."

스다 씨가 먼저 반응했다.

"아니, 이 그릇들 말이야. 무슨 절간에서 쓰는 것 같지 않아? 무늬가 좀 있어야 덜 심심할 텐데. 안 그래?"

"네……."

술버릇 나쁜 아저씨가 동의를 구하듯 투덜거리자 시마 씨가 당황한 표정으로 아키코를 보았다. 아키코는 주방에서 웃으며 그냥 오라고 손짓했다. 주방 안에 있는 두 사람의 귀에 아저씨들의 대화가 들렸다.

"그런 소리 말라니까. 그만 좀 해. 아키코가 열심히 하고 있는데 안쓰럽지도 않아?"

"그래도 이걸 좀 보라고. 이거야 원, 감방에서 콩밥 먹는 기분이라고."

나이를 먹으면 귀가 잘 안 들리게 되니 목소리도 자연히 커진다. 조심한다고 하는 얘기일 텐데 그대로 들려왔다. 아키코는 화가 나기는커녕 웃음이 나왔다. 시마 씨가 발끈했다.

"어쩜 무례해라."

아키코는 대답 없이 웃으며 샌드위치를 만들었다. 수프를 볼에 담고 샌드위치 옆에 곁들일 당근과 건포도 샐러드를 능숙하게 만들었다. 메인으로 내는 샐러드는 으깬 감자와 버섯에 파슬리를 뿌린 것이다. 시마 씨는 작은 유리볼에 잘라둔 포도와 딸기를 담고, 그 위에 민트를 장식해 과일 디저트를 완성했다.

"고마워. 그럼 부탁할게."

시마 씨가 쟁반을 여자 손님에게 가지고 갔다.

"어머, 예쁘다."

두 사람이 자그마한 유리볼을 바라보았다. 이어서 옆자리 아저씨들의 쟁반도 살펴보더니 아키코처럼 눈치 빠르게 알아차리고 기뻐했다.

"옷 색이랑 접시를 맞춰서 가져오나 봐."

아저씨들은 묵묵히 식사에만 집중했다. 여자 손님들은 즐겁게 대화를 나누며 먹었다.

"이 수프 맛있다. 몸에 막 스며드는 기분이야."

"다른 데서 먹는 거랑 전혀 다르지?"

재료의 맛을 살리는 데 집중했던 아키코는 손님들이 그 의도를 알아줘서 무척 기뻤다.

"잘 먹었다."

단골 아저씨들이 자리에서 일어났다. 아키코가 맛이 어땠는지 묻지 않고 담담히 돈을 받고 거스름돈을 돌려주자, 술버릇 나쁜 이지씨가 말했다.

"있잖아, 맛이 좀 싱거운 것 같구나."

"그런가요?"

"그래, 좀 부족해. 병원에서 나오는 식사 같았다."

"아니, 그 정도는 아니었어. 이 사람이 참, 감방이니 병원이니 이상한 소리나 하고 말이야. 조금은 눈치란 걸 키우라고. 아키코, 그냥 우리 입맛에 조금 싱겁다는 거야."

스다 씨가 열심히 변명했다. 아키코는 웃으면서 듣고는 고개를 숙여 배웅했다.

"와주셔서 감사합니다."

단골 아저씨들 사이에서 오늘 일은 순식간에 소문이 날 것이다.

그 후로 나이가 지긋한 부부, 중년 부인 네 명이 찾아왔다. 손님들의 발길이 끊이지 않았다. 갓난아기나 어린아이를 데리고 온 젊은 엄마들은 가게 안을 엿보고 칠판을 확인만 한 뒤 멀어져 갔다. 젊은 엄마들이 점심 한 끼에 천 엔을 내긴 부담스러울 테고, 아이가 소란을 피워도 괜찮은 패밀리 레스토랑이 값도 싸고 마음도 편할 것이다.

교만한 생각일 수 있지만 아키코는 누구나 다 오는 가게를 바라진 않았다. 사람에게는 취향이라는 게 있다. 이 가게가 마음에 들지 않는 경우도 당연히 있을 수 있다.

그보다는 자신의 마음이 흔들리지 않는 것이 중요하다. 사람들은 금세 싫증을 느끼기 때문에 오늘은 우리 가게에 왔더라도 빠르게 바뀌는 유행을 좇아 내일은 다른 곳으로 가버릴 가능성이 있다. 그렇게 되더라도 그건 그때 생각하면 그만이다. 시마 씨에게 월급을 줘야 하니 가게를 열심히 꾸릴 책임이 있지만, 경영 상태가 나빠졌다고 재료의 질을 떨어뜨리거나 유행에 맞춰 요리를 바꾸고 싶지는 않았다.

'하지만 이런 방식이 과연 통할까?'

지금 아키코로선 짐작할 수 없다. 개업 당일은 재료가 다 떨어진 저녁 7시까지, 얼떨떨한 상태로 시마 씨와 함께 열심히 일했다. 저녁에 단골 아저씨들 몇 명이 가게를 살피러 왔지만 금방 사라졌다.

3

꽃집 아주머니는 아키코를 볼 때마다 물었다.

"고양이는 잘 있지?"

"네, 잘 있어요. 꽃을 꽂아두면 달려들어서 노느라 아주 야단법석이에요."

아키코의 대답에 아주머니는 생글생글 웃었다.

"요즘은 조화도 그럴싸하게 많이 나오잖아. 편리하니까 그걸 쓰는 가게가 늘었어. 아키코 너는 잘 모르겠지만 예전에는 홍콩 플라워라고, 지금 생각해보면 누가 봐도 가짜인 조화도 있었는데……."

"알아요. 두꺼운 비닐 같은 걸로 만든 거죠. 우리 집에도 새

빨간 장미 조화가 있었어요."

"그래, 그거. 손이 안 가는 건 좋은데, 너무 관리를 안 하니까 자세히 보면 꽃에 먼지가 빼곡하게 쌓이더라고. 처음에는 서랍장 위에 올려놓다가 점점 지저분해져서 화장실로 밀려나곤 했지."

둘은 추억을 떠올리며 함께 수다를 떨었다.

"요즘은 프리저브드 플라워라고 편리한 게 있어. 또 광촉매를 써서 냄새를 잡아주고 항균 작용까지 하는 인공 식물도 있고. 장점이야 제각각 있겠지만, 요즘은 손이 많이 가는 거라면 점점 멀리하는 경향인 것 같아."

그렇게 말하면서 아주머니가 한숨을 내쉬었고, 아키코는 꽃집을 나섰다.

품에 가득 안은 알스트로에메리아의 품종은 '프리마돈나'라고 했다. 이 꽃은 오래가서 참 좋다. 아키코는 꽃에 문외한이어서 그런 이름의 품종이 있는 줄도 몰랐다. 시마 씨도 들으면 놀라지 않을까 하고 어떤 표정을 지을지 기대했는데, 시마 씨는 아키코가 안은 꽃다발을 보자마자 말했다.

"아, 프리마돈나네요."

"알고 있었어? 대단하네."

"꽃을 좋아해서 잘 알아요."

아키코가 놀라자 시마 씨는 쑥스러운 듯이 웃었다.

"어머, 그럼 저 잡초. 아, 잡초라고 하면 안 되겠지? 혹시 이름이 뭔지 알아?"

가게 옆에 어느새 자라나 있는 풀을 가리켰다.

"잡초라고 하면 가엾죠. 저건 맥문동이에요."

아키코는 대단하다고 감탄하며 맥문동을 가리키는 시마 씨의 손끝을 바라보았다.

"멋진 이름이 있었는데 내가 실수했네. 돌보지도 않았는데 수십 년 넘게 이 자리에서 피더라고."

"씨앗이 날아와서 뿌리를 내리진 않으니까 누군가가 심었을 거예요."

아키코는 심지 않았고 엄마가 심었다는 얘기를 들은 적도 없다. 어쩌면 들었을지도 모르겠지만 꽃에 흥미가 없어서인지 전혀 기억이 나지 않는다. 실내 청소를 마치고 꽃병에 프리마돈나를 꽂자, 가게 분위기가 환하게 밝아지며 그 주변으로 끌려 들어갈 듯한 기분이 들었다.

"꽃은 대단한 힘이 있는 것 같아. 나, 젊어서는 꽃에 전혀 흥미가 없었어. 엄마도 꽃이라면 조화를 꽃병에 꽂고 만족하는 사람이었고. 나도 몇 번인가 꽃을 받은 적이 있는데, 꽃도 자길 좋아하지 않는 사람한테 오면 실망하는지 금방 시들어버리더라고. 나도 그러느니 차라리 없는 게 낫다 싶어서 내 돈을 주고 사지도 않았고, 꽃을 줘도 됐다고 거절한 적도 있어. 그런데 꽃을 좋아하게 되니까 꽃도 오래 피어주더라. 시마 씨는 원래 꽃을 좋아하니까 나 같은 경험은 없지?"

"친척이나 동네 사람들이 시들 것 같은 화분을 저한테 가지고 있어요. 왜 그런지 모르겠는데 가망 없어 보이던 화분도 제가 돌보면 되살아나곤 했어요."

시마 씨는 은근히 뿌듯한 표정을 지었다. 덩치가 큰 그녀가 화분이나 꽃을 정성껏 돌보는 모습을 상상하니 저절로 미소가 지어졌다.

"정말 대단하다. 멋있어. 식물을 되살릴 수 있다니 훌륭한 일이잖아?"

시마 씨가 쑥스럽게 웃으며 재료 준비를 시작했다.

처음에는 가게가 잘될지 걱정했지만, 낮에는 대기 줄도 생겨 손님들이 기다려야 할 정도로 성황이었다. 저녁 7시까지는 문을 열 생각이었는데, 재료가 떨어져 5시나 6시에 문을 닫는 날도 자주 있었다.

"매입하는 식재료를 더 늘려야 할까요?"

시마 씨가 그렇게 물었지만 둘이서 하기에는 지금도 무척 벅찼다. 엄마 식당의 단골 아저씨들은 이제 거의 오지 않는다. 가끔 오는 아저씨들은 가게가 마음에 들어서가 아니라 '그 딸내미한테 한마디 해줘야지'라는 마음이 큰지, 아키코에게 이러쿵저러쿵 충고를 했다. 자기들이 충고하면 가게가 달라지리라 기대하는 눈치였다.

가게 내부가 썰렁해서 따스함이 부족하다, 태도가 뻣뻣하다, 가격이 비싸다, 메뉴가 너무 적다, 종업원이 더 예쁘장해야 손님들이 좋아한다, 텔레비전이나 신문, 잡지가 없어서 요리가 나올 때까지 무료하다, 술이 없다, 밤에 친구들과 무리지어 놀지 못한다…….

아키코는 충고 하나하나를 고개를 끄덕이며 들었다. 단골 아저씨들에게 엄마의 식당이 일상생활에 당연하게 존재한 모임터였다는 것을 새삼스럽게 깨닫고 고마운 마음이 들었다.

"하지만 저는 이런 가게를 하고 싶어요."

충고하는 손님들에게 이렇게 설명하는 수밖에 없었다.

아키코의 말을 듣고 잠시 생각하다가 "그렇군"이라고 수긍해주는 사람도 있지만, 이런 사람도 있었다.

"네 어머니 뜻을 물려받아야지. 너는 결혼도 안 하고 자식도 없으니까 부모 마음을 헤아릴 줄 모르는 거야."

물론 경험이 부족하니 그런 말을 하는 사람들과 비교하면 모르는 것이 많을 것이다. 그러나 아키코는 엄마는 물론이고 다른 사람과 비교하지 않고 자신이 하고 싶은 일을 할 뿐이다. 단골손님들과 아키코의 대화를 듣고 있던 시마 씨는 얼굴을 찌푸리며 말했다.

"저 아저씨들은 결국 당신들의 모임터가 사라져서 서운한 거네요. 본인들이 직접 만들면 될 텐데."

"사람들마다 생각이 다 다르니까. 엄마랑 오래 알고 지냈고 나를 어릴 때부터 봐와서 한마디씩 하고 싶으신 거야."

"어려서부터 봐왔더라도 이젠 어린아이가 아니잖아요."

시마 씨는 기분 나쁜 듯이 잔뜩 힘을 주어 접시를 닦았다.

가게에 자주 오는 손님 대다수가 여자여서 아저씨들이 거북해하는지도 모르겠다. 메뉴가 적다지만, 매번 똑같은 것을 내진 않는다. 치킨 샌드위치일 때는 맛이 산뜻한 수프를 내고, 샌드위치에 넣는 재료가 간단하면 반대로 건더기가 풍부한 수프를 내는 식으로 변화를 준다. 대량으로 만들어 냉동해두지 않아 냄비의 수프가 떨어지면 그날 영업은 그걸로 끝이다.

시마 씨는 요즘 젊은 사람들처럼 세련된 분위기는 아니지만, 모든 면에서 센스가 뛰어나고 생각도 반듯한 데다 무엇보다 일을 열심히 잘했다. 재료 본연의 맛을 우러나게 하려면 수프에 넣을 재료를 오랫동안 볶아야 하는데, 시마 씨는 출근 시간을 앞당겨서라도 돕겠다고 했다. 그러면서도 일 잘하는 아르바이트생들이 흔히 그러듯, 자기가 경영자라도 된 것처럼 착각하고 참견하려 들지도 않았다. 운동부에서 교육받은 덕분인지 자기 입장을 잘 알아 해야 할 일과 해선 안 되는 일도 분별했다. 나란히 서서 국자로 냄비를 휘저으며 아키코가 말했다.

"시마 씨는 워낙 눈치가 빨라서 어렸을 때 어른들이 귀여워했겠어. 운동부에서도 믿음직스러운 부원이었지?"

"네, 어른들한테는요. 하지만 몸집이 커서 동급생들에게 놀림을 많이 받았어요. 그래도 제가 힘이 세니까 다들 꼬리를 내렸죠."

시마 씨는 자기 말에 후후 웃으면서도 줄곧 냄비를 들여다보았다. 수프를 만들기 위해 양파를 오래 볶을 때도 시마 씨가 힘이 좋아서 많은 도움을 받았다. 미리 손질된 볶은 양파를 쓰거나 전자레인지로 수분을 날리는 방법도 있지만, 아키코는 전부 직접 만들었다.

손님이 많아지면서 준비할 양도 점점 늘어나 지금은 한계에 다다른 느낌이다. 처음에는 손님이 와줄지 걱정이었는데, 가게 문을 연 지 4개월 만에 저녁 6시가 되면 재료가 떨어져 영업을 종료해야 하는 날이 많아졌다.

"초반에는 남은 수프를 시마 씨한테 싸줄 수 있었는데 지금은 그러질 못해서 미안하네."

"아니에요. 점심을 챙겨주시는 것만으로도 감사한걸요."

둘은 매일 이렇게 잡담을 나누다가 시간을 깜박하는 바람에 허둥지둥 주방으로 들어가 문 열 준비를 했다.

요즘은 문을 열기도 전에 손님들이 벌써 와서 기다린다. 메뉴를 적은 칠판을 쳐다보는 사람도 있고, 언제 문을 여나 하고 가게 안을 기웃거리는 사람도 있다. 건너편 찻집 아주머니가 그 광경을 유심히 관찰하곤 했다.

문을 열기 전에 아키코와 시마 씨는 밖에서 보이지 않는 위치에 마주 선다. 심호흡을 하면서 마음을 차분히 정리하고 나란히 고개를 숙여 인사한다.

"오늘 하루도 잘 부탁합니다."

이러면 잡담을 나누는 한가한 모드에서 일하는 모드로 전환된다.

아키코가 출판사에 다니던 시절, 항상 어깨에 힘이 들어간 기혼 여자 선배가 있었다. 회사 일도 성실하게 하면서 살림도 잘하고 자식도 훌륭히 키웠는데, 나중에는 어머니 건강이 나빠져 간병까지 해야 했다. 회사 일 말고는 달리 신경 쓸 데가 없는 아키코와는 정반대였으니 매일 얼마나 바쁠지 충분히 알 수 있었다. 하지만 그 때문인지 언제나 '필사적'인 분위기가 느껴졌다. 그 선배가 편집부에 들어오는 광경을 만화로 그린다면, 컷 중앙에 '화르르' 하고 불타오르는 의성어가 들어갈 것이다. 허둥대는 사람이 있으면 느껴지는 기묘한 공기 흐름이 주변을 압도한다. 항상 긴장해 어깨에 힘이 들어가 있으니 무리하는 것쯤은 누가 봐도 알 수 있었다. 그런데도 누가 위로라도 하려고 하면 선배는 아무렇지 않게 웃으며 말했다.

"괜찮아. 나 진짜 괜찮다니까."

그러나 웃는 그 어깨에도 잔뜩 힘이 들어갔다. 외부 사람들도 그런 선배를 보고 걱정했다.

"저분은 늘 바빠 보이시네요."

아키코는 식당을 시작하면서 그런 선배의 모습에서 교훈을 얻었다. 장사를 하는 사람이 긴장한 모습을 손님들에게 보여선 안 된다고 여겨, 문을 열기 전에 다른 것은 몰라도 반드시 어깨를 풀고 마음을 가라앉히려고 노력한다.

준비한 재료가 떨어지면 곧장 밖으로 나가 칠판에 '영업이 끝났습니다'라고 적었다.

"여기서 꼭 먹고 싶은데 어떻게 안 될까요?"

이렇게 부탁하는 손님도 있었다.

가게를 열기 전에 아키코가 미처 예상하지 못했던 일이 생겼다. 가게에 들어오자마자 휴대폰을 꺼내 가게 내부와 음식을 사진 찍는 손님이 많다는 것이다. 미리 허락을 구하는 손님도 있었지만, 다른 손님이 식사를 하고 있는데도 멋대로 가게 안을 촬영하는 사람도 더러 있었다.

블로그에 올리려고 본인이 방문한 가게를 사진 찍는 사람이 있다는 것은 알고 있었다. 인기 있는 가게에 가보면 사진 촬영은 안 된다고 양해를 구하는 종이가 붙어 있기도 했다. 하지만 세련된 거리에 있는 가게라면 몰라도 오래된 상점가에 있는 이 심플한 가게에서 그런 일이 생길 줄은 상상도 못했다.

"한두 사람도 아니고 대부분 사진을 찍네."

가게를 운영하다 보면 문득 손님 발길이 끊어지는 시간이 있다. 그때 아키코는 한숨 돌리며 주방 뒤에 서서 시마 씨에게 그 얘기를 꺼냈다.

"자랑하고 싶은 거겠죠. 인기가 더 많아지기 전에 자긴 일찌감치 다녀왔다고 말하고 싶은 사람이 많은 거예요. 맛집을 찾아가는 걸 좋아하는 사람이 많으니까요."

"하긴 요즘은 입소문이 중요한 세상이니까."

"돈도 내면서 공짜로 홍보까지 해주니까 가게에는 좋은 일이겠죠?"

"우리 가게도 소개해주려나?"

"당연히 그러겠죠. 사진만 찍고 말진 않을 거예요. 맛이 어떤지, 서비스는 어떤지 인터넷에 다 올릴 거예요."

시마 씨는 젊은데도 그런 상황이 마음에 안 드는지 얼굴을 찡그렸다.

"시마 씨는 돈을 내고 먹었는데 음식이 맛없으면 어떻게 해? 화를 내?"

"음, 맛있는 곳인지 아닌지 간파하지 못한 저 자신한테 화가 나겠죠. 왜 감각적으로 알아차리지 못했나 하고요."

시마 씨는 어려서부터 음식 투정을 하면 안 된다는 가정교육을 받았다고 한다. 먹을 수 있는 것만으로도 감사한 일인데 맛이 있느니 없느니 투덜거리면 벌을 받는다는 말을 늘 들으며 자란 것이다.

“다섯 살 때였나, 엄마가 만든 조림이 조금 짜서 짜다고 했더니 아빠가 젓가락을 뺏었어요. 밥을 먹을 수 있는 것만 해도 감사한 일이다, 불평이나 늘어놓는 사람한테 먹일 밥은 없다면서 호되게 혼을 내셨어요. 어쩔 수 없이 그날 밤은 물만 잔뜩 마시고 잤는데 배가 너무 고파서 괴롭더라고요. 다른 사람이 만들어준 음식에 대고 이러쿵저러쿵 평가를 하는 것 자체가 잘못된 거죠. 자기 입맛에 맞는 가게를 고르는 안목을 갖추면 될텐데.”

아키코가 소리 나지 않게 손뼉을 쳤다. 그러자 시마 씨는 쑥스러워하며 웃었다.

“제가 건방진 소리를 했네요. 죄송해요.”

사진을 찍는 사람들은 가게에 대한 감상도 적을 것이다. 알고 싶으면서도 한편으론 알고 싶지 않았다. 호의적인 글에는 기운을 얻겠지만 그렇지 않으면 의기소침해질 것 같았다.

“아키코 씨가 하고 싶은 대로 하시면 되죠. 아는 것도 없으면서 엉뚱한 소리를 하는 사람들도 많으니까요.”

시마 씨가 기운을 북돋아주었다.

“응, 그렇지?”

기분이 밝아진 참에 젊은 커플이 들어왔다.

"어서 오세요."

시마 씨가 주문표를 손에 들고 구석 자리에 앉은 그들에게 다가갔다.

다른 때처럼 그날도 재료가 다 떨어져 시마 씨를 일찍 퇴근시켰다. 아키코가 정리를 마치고 셔터를 내리는데, 건너편 찻집 아주머니가 왔다.

"이제부터가 손님이 드는 시간인데 왜 벌써 문을 닫아?"

아주머니는 기막히다는 표정이었다.

"재료가 다 떨어져서요."

"그게 무슨 속 편한 소리야. 그렇게 일찍 재료가 떨어질 것 같으면 미리 넉넉하게 만들어둬야지. 하여간 장사할 줄 모른다니까."

문을 열면 열었다고 비꼬고, 문을 닫으면 닫았다고 어이없어한다.

"하지만 아주머니 가게 바로 앞에서 커피나 홍차를 팔 수는 없잖아요."

어쩌라는 건가 싶어 어색하게 웃으며 받아치자, 아주머니가 화들짝 놀랐다.

"아키코, 무슨 소리야? 당연히 안 되지. 장사에도 상도가 있는 법이야. 내가 하고 싶은 말은 지금부터 밤중까지 손님이 늘어나는 시간인데, 상점가에 셔터를 내린 가게가 있으면 보기 안 좋다는 거야."

그러면서 허둥지둥 찻집으로 돌아갔다.

셔터를 잘 닫았는지 확인하고 3층으로 올라가자, 타로가 후다닥 뛰어나왔다. 아키코의 가슴에 찰싹 달라붙어 절대 놔주지 않겠다는 듯이 자그마한 발톱 열 개에 힘을 꽉 주었다.

"그래그래, 착하게 잘 있었지?"

침대에 앉아 타로를 안아주자 평소처럼 그르렁그르렁 소리를 냈다. 매일 똑같은 일을 되풀이하는데도 타로는 도통 싫증을 내지 않는다. 가끔은 화를 내고 삐치거나 쿨쿨 곯아떨어지기라도 하면서 다양한 표정을 보여줘도 될 텐데 참 신기하게도 타로는 언제나 한결같다. 어쩌면 깊은 잠에 빠졌다가 아키코가 올라오는 기척을 느끼고 뛰어나올 준비를 하는 건 아닐까. 바로 직전까지 화가 났거나 토라져 있었는데, 아키코가 방에 돌아온 순간 그런 감정이 싹 사라지고 안겨야겠다는 생각밖에 안 드는지도 모른다.

바쁜 아침이면, 타로는 아키코에게 응석을 부리고 싶은 걸

꾹 참는 것처럼 보인다. 그래도 마음을 다 정리하지 못했는지 꿍얼꿍얼 소리를 내며 방을 빙글빙글 돌아다닌다. 아키코는 그런 타로를 품에 안고 몸을 쓰다듬어준다.

"엄마는 일하러 가야 해. 타로, 얌전히 기다려줄래?"

그러면 타로는 몸을 편하게 맡기고서 쿠우우우, 끄으으응 하고 속삭이듯 운다. 타로는 잠깐 그러고 있다가 바닥으로 훌쩍 뛰어내려가 야옹, 하고 울면서 아키코를 올려다본다. 아키코에게는 꼭 타로가 '그만 됐으니까, 잘 다녀와'라고 하는 것처럼 들린다. 타로도 참아주는 것이다. 그런 타로가 귀엽고 기특해서, 아키코는 방에 돌아오자마자 타로의 이름을 부르며 뺨을 비빈다. 목욕한 지 좀 지나서 약간 냄새가 났지만 그 냄새까지 사랑스럽다.

타로는 기쁨이 최고조에 달해 콧구멍을 벌름거리며 그르렁그르렁 울었다. 잠들기 전까지 아키코를 졸졸 따라다니다가 같이 침대에 누워 아키코의 팔을 벨 때가 타로의 가장 행복한 시간이다.

타로가 있어도 지금까지 가게에서 고양이 털이 나왔다는 소리는 한 번도 듣지 않았다. 아키코가 그만큼 각별히 주의를 기울인 것이다. 밝은 미색의 앞치마를 두르지만, 셔츠는 흰색이고 바지는 타로의 털이 붙으면 눈에 금방 띄는 남색이나 검은색을 입는다. 시마 씨와 서로의 모습을 살펴보고 만약 털이 한 올이라도 붙어 있으면 접착테이프로 떼어낸다. 가게 역시 털이 눈에 띄지 않아도 바닥 구석구석까지 접착테이프를 굴려 청소하고, 조리대도 바지런히 훔치는 습관을 들였다.

어느 날, 유난히 목소리가 작은 엄마가 유치원생 정도로 보이는 아들을 데리고 가게에 왔다.

"1인분만 시켜서 아이랑 같이 먹어도 될까요?"

그녀는 천연효모빵 샌드위치를 주문하며 물었다.

"그럼요."

아키코는 흔쾌히 대답했다.

"무농약 밀가루로 만든 빵이라고 적혀 있는데, 정말인가요?"

아키코는 갑작스러운 질문에 순간 당황했지만 정신을 차리고 고개를 끄덕였다.

"네, 맞아요."

"네……, 그렇군요."

시마 씨가 빵을 공급 받는 가게의 안내문을 얼른 아키코에게 가져다주었다. 젊은 엄마는 그것을 받고서야 납득이 된 모양이다.

"알겠어요."

그런데 주방으로 돌아가려는 아키코에게 또다시 물었다.

"채소도 전부 무농약을 사용하나요?"

"전부는 아니에요. 일부 저농약 채소도 사용합니다."

"어머, 오늘 나오는 채소 중에는 어떤 게 저농약이죠? 닭고기도 항생제 사료를 먹인 걸 쓰나요? 그럼 곤란한데."

갑자기 말투가 빨라지고 표정도 심각해졌다.

"알레르기가 있으세요?"

아키코가 물었더니 고개를 저었다.

"그건 아닌데 아이에게 이상한 걸 먹이고 싶지 않아서요."

아키코는 손님이 알아차리지 못하게 가만히 심호흡을 한 번 하고 설명하기 시작했다.

"닭고기는 유전자를 조작하지 않고 농약이나 항생제를 넣지 않은 사료를 먹이면서 자유롭게 풀어 키우는 양계장에서 받아서 써요."

이어서 또 묻기 전에 가게에서 쓰는 버터, 오일, 설탕, 소금에 관해서도 설명했다.

"네, 그렇군요."

젊은 엄마는 한참 가만히 있더니 다시 말했다.

"그럼 무농약이 아닌 채소가 뭔지 알려주세요."

그러더니 모퉁이가 여기저기 해진 천 가방에서 메모지와 펜을 꺼내 들었다.

"잠시만 기다려주세요."

아키코는 주방 서랍에서 매입 물품 장부를 가져와 채소의 농약 여부를 확인했다.

"브로콜리, 당근, 양상추, 토마토는 무농약입니다. 콩, 양파는 저농약이고 아보카도는 농약을 쓰네요."

"콩이랑 양파랑 아보카도는 먹지 말고 남겨. 그건 엄마가 먹을게."

받아 적은 그녀가 아들에게 심각한 표정으로 말하는 걸 다른 손님들이 힐끔힐끔 쳐다보았다.

"다 되셨나요? 감사합니다."

시마 씨가 주방에서 묘한 표정으로 재료를 준비했다. 하고 싶은 말이 많아 보였지만 한숨 돌리는 시간에 듣기로 했다. 아키코는 주문받은 치킨 샌드위치와 수프 1인분을 만들고, 쟁반에 포크와 스푼 두 세트 그리고 작은 접시를 하나 더 올려 시마 씨에게 가져다주라고 부탁했다.

"와, 맛있겠다, 엄마!"

아들이 기뻐하며 치킨 샌드위치를 덥석 집으려고 했다.

"아아, 안 돼. 손을 닦고 먹어야지."

젊은 엄마는 물티슈를 꺼내 아이의 손을 꼼꼼하게 닦으며 타일렀다.

"엄마가 아보카도 빼줄 테니까 조금만 기다려."

하지만 아들은 엄마 말을 무시하고 치킨 샌드위치를 덥석 물었다.

"앗! 기다리라고 했잖아. 아보카도는 무농약이 아니라고. 왜 말을 안 들어."

그녀는 신경질적으로 소리를 지르더니 금세 속상한 표정을 지으며 축 처졌다. 그런 엄마와는 반대로 아들은 왕성한 식욕을 자랑하며 샌드위치를 먹어치웠다. 그녀는 푹 익어서 흐물흐물해진 양파를 어떻게든 골라 접시에 꺼내놓았다.

결국 아들이 음식을 거의 다 먹어치웠고 엄마는 치킨 샌드위치 한 입과 콩, 양파만 먹었을 뿐이다. 아들이 무농약이 아닌 채소를 먹어 분한지, 계산하면서도 원망스럽다는 듯이 중얼거렸다.

"아이가 아보카도를 먹어버려서……."

그날도 일찌감치 재료가 떨어져 오후 5시에 문을 닫았다. 가게 안에서 커피와 홍차를 마시면서 쉬고 있는데, 시마 씨는 낮에 왔던 젊은 엄마가 생각났는지 화를 냈다.

"몰상식해요. 우리가 이상한 걸 먹으라고 준 것처럼 말하잖아요."

"먹거리에 예민한 사람도 있으니까 어쩔 수 없지."

"그래도 너무 심했어요. 하나하나 트집을 잡아서 예민하게 굴 거면 외식을 안 하면 될 텐데 말이죠."

아키코는 시마 씨의 짜증을 웃으며 들었다. 요리에 쓰는 채소 중에 어떤 것이 무농약인지 질문을 받을 줄은 몰랐다.

사람이 먹는 음식을 만드는 데는 큰 책임이 따른다. 자칫했다가는 상대의 생명까지 위협할 수 있다. 풀코스 요리를 제공하는 것은 아니지만 그런 생각을 하면 문득 오싹해지곤 한다. 건강에 해를 끼치는 균이라도 들어간다면 큰일이고, 그런 일이 생기면 합당한 책임을 져야 한다.

"무농약은 둘째 치고, 날이 따뜻해지면 수프는 조심해야겠어. 금방 쉬어버릴 테니까. 시마 씨도 이 정도는 괜찮다고 생각하지 말고 조금이라도 이상한 것 같으면 바로 말해줘."

시마 씨는 입을 꾹 다물고 고개를 끄덕였다. 오늘 젊은 엄마의 태도는 놀라웠지만 세상에는 그런 사람도 있다는 공부가 되었다. 만약 무농약이 아닌데 그렇다고 거짓말을 하면 손님은 더는 의심하지 않는다. 가게를 찾는 손님들은 자신들을 믿고 와주는 것이다.

"우리를 믿고 와준다는 건 정말 감사한 일이야."

"그래도 그 엄마는 태도가 빵점이었어요. 애초부터 우리 가게를 믿지 않았잖아요."

시마 씨는 아키코의 말을 듣고도 여전히 분이 가시지 않았나 보다.

"오랜만에 화를 냈더니 몸에 열이 나네요. 혈액순환이 좋아졌나 봐요."

시마 씨는 커피와 홍차를 한 잔씩 마셨다. 그리고 가게에 장식한 프리마돈나를 바라보면서 양팔을 빙글빙글 돌리며 공 던지는 시늉을 했다.

4

가게에 변함없이 손님들이 찾아와주었다. 멀리서 일부러 오는 손님도 있었다.

"블로그랑 트위터에 많이 소개됐던데요."

손님들에게 그런 말을 들어도 아키코는 "어머, 정말요? 와주셔서 고맙습니다"라고 대답할 뿐이었다.

"사람들이 줄을 서 있어서 들어왔는데, 여긴 무슨 가게예요?"

손님 중에 이렇게 묻는 나이 든 여자도 있었다. 그러나 무엇을 파는 가게인지 듣고는 5백 엔짜리 동전 하나로 먹을 수 있는 음식이 없다는 것을 알자, "비싸네. 그냥 갈게요"라며 돌아갔다. 구석에서 그 모습을 지켜보던 시마 씨는 영업을 마친 후에도 잔뜩 화를 냈다.

"너무해요. 앞에 칠판을 내놨으니까 그걸 보면 될 텐데."

아키코가 담담하게 대하니까 오히려 더 화가 난다고 했다.

"그 말도 맞아. 그런데 요즘 든 생각인데, 가게 앞에 칠판을 내놨다고 누구나 읽어줄 거라 여기는 게 오히려 건방진 태도인 것 같아. 만약 내가 다른 가게에 갔다가 앞에 적힌 정보를 미처 못 보고 들어가서 이것저것 물어봤는데, 그때 가게 사람이 밖에 다 적혀 있는 내용을 왜 묻느냔 표정을 지으면 불쾌할 거야. 그러니까 칠판은 어디까지나 참고용으로 생각해야지."

"그렇긴 하네요. 마음을 써서 와주신 손님들이니까요."

아키코는 시마 씨의 이런 순박하고 솔직한 면이 좋았다.

"그래도요, 그 손님은 역시 별로였어요."

여전히 화가 나 있는 시마 씨를 보며 아키코는 그저 웃을 수밖에 없었다.

월말이 되면 가게 경비를 정산한다. 거래처에는 식재료 값을 치르고 시마 씨에게는 월급을 줘야 한다. 시마 씨가 생각보다 훨씬 일을 잘해줘서 반년이 지난 후 월급을 조금 올려주었더니 무척 기뻐했다.

“앞으로도 최선을 다해 일하겠습니다!”

시마 씨가 고등학교 야구부원이 선수 선언이라도 하는 것처럼 차렷 자세로 외치는 바람에 웃음이 터졌다. 아키코는 역시 사람 하나는 잘 봤다고 자화자찬하면서 주판알을 튕겼다.

아키코는 지금도 전자계산기를 쓸 때보다 주판으로 계산하는 편이 훨씬 빠르다. 다만 아무리 주판 솜씨가 뛰어나도 돈의 총량이 늘어나진 않는다. 그 점이 문제이긴 하지만 가겟세가 나가지 않고 종업원이 시마 씨 한 명뿐이라 생활이 어렵진 않았다. 회사에 다닐 때보다는 당연히 수입이 줄었지만 먹고살기 어려울 정도는 아니어서 지금 버는 정도로 만족했다.

“사실 이 정도로는 안 되겠지. 시마 씨 월급도 더 올려주고 싶고…….”

혼잣말을 하자 자기에게 말을 건다고 착각했는지, 타로가 야옹야옹 울면서 다가왔다.

“우리 타로도 밥을 아주 좋아하니까 돈이 많이 있어야 하고.”

무릎에 앉히고 쓰다듬어주자, 타로는 그릉 그르릉, 하고 콧소리를 냈다.

젊었을 때의 아키코는 화장품이든 뭐든 향이 없는 것을 주로 썼는데, 요즘 들어서는 좋은 향이 나는 천연제품이 좋아졌다. 욕조에도 라벤더나 장미, 충동적으로 구매한 숲속 향이 나는 입욕제를 번갈아 넣고 즐긴다. 따뜻한 물에 몸을 담그면 “하아” 하는 소리가 절로 나왔다. 목욕탕에서 아저씨들이 이런 소리를 낸다고 들은 적이 있다. 자신도 이제 나이를 먹었구나 싶었다. 수증기와 함께 피어나는 향을 맡으며, 이제 몸에서 좋은 냄새가 나질 않으니까 좋은 향을 찾게 되는 모양이라는 생각이 들어 씁쓸한 미소를 지었다.

물에 몸을 담그고 멍하니 있는데 반투명한 욕실 문 너머에서 타로가 제 몸집과 어울리지 않게 최대한 귀여운 목소리로 “냐옹, 냐오옹” 하며 자꾸만 울었다. 낮에는 혼자 집을 봐야 하고, 드디어 밤이 되어 아키코와 함께 있게 됐는데 목욕을 하러 들어가버리는 바람에 방에 또 혼자 남게 됐다. 그게 싫은 타로는 문 앞에서 울며 칭얼대는 것이다.

“응, 조금만 기다려. 금방 나갈 거야.”

그럴 때마다 아키코는 타로에게 말을 건다. 한 번은 문을 열어주고 어떻게 나올지 지켜보았는데, 호기심 왕성하게 들어왔다가 발이 물에 젖자 발을 교대로 흔들어 물을 털고는 얼른 나가버렸다. 그 후로는 항상 욕실 밖에서 울면서 기다렸다.

몸의 물기를 대충 훔치고 밖으로 나오면, 타로는 안심했는지 얌전히 방으로 돌아갔다. 애교를 부리며 달려들 줄 알았는데, 그런 쌀쌀맞은 태도를 볼 때마다 아키코는 어이가 없었다. 타로는 아키코가 욕실에서 나오기만 하면 만족하는 모양이다. 5분이나 10분쯤 더 물에 몸을 담그고 있어도 타로의 태도가 똑같은 것을 안 뒤로 요즘은 아무리 울어도 동요하지 않고 마음껏 목욕을 즐긴다.

욕조에서 느긋하게 팔다리를 쭉 뻗고 있어도 자연히 가게의 앞날을 생각하게 된다. 상점가에는 매번 유행을 민감하게 감지해 판매 물품을 바꾸는 가게 주인도 있지만, 아키코는 그런 식으로는 장사를 할 수 없었다.

오랫동안 잡화를 팔던 가게가 있었는데, 밖에서 보기에도 장사가 잘되는 것 같진 않았다. 그러다가 기모노 붐이 일어 중고 기모노가 인기를 끌자, 원래 있던 프릴 달린 티슈 커버나 꽃무늬 슬리퍼를 전부 처분하고 중고 기모노와 그 위에 입는 겉옷을 옷걸이에 걸어 진열했다. 한 벌에 1~2천 엔이라는 파격적인 가격이어서 날개 돋친 듯 팔린 모양이다. 팔다 남은 옷들은 상자에 담아 한 벌에 3백 엔으로 떨이를 하더니 어느새 직접 만든 수예품을 위탁 판매하는 가게로 탈바꿈했다. 그다음에는 조그만 카페가 되었고, 지금은 가게 절반이 소박하고 자연스러운 패션을 추구하는 여자들이 선호할 법한 숄이나 바구니 등을 파는 공간이 되었다. 앞으로 또 어떻게 바뀔지 궁금하지만, 다른 가게의 앞날보다 자신이 운영하는 가게의 앞날이 더 중요하다.

가게에 오는 손님들을 보면 다들 분위기가 비슷했다. 개업 초창기에는 다양한 손님들이 찾아왔지만 지금은 옷차림이 비슷한 사람들만 모인다. 여자 손님이 많은 것은 여전한데, 대부분 내추럴한 스타일의 잡지에서 그대로 나온 듯한 옷차림을 하고 있다. 겨울에도 천연섬유 옷을 몇 겹씩 껴입고 목에는 반드시 숄을 두르고 레깅스를 입는 유형이다.

그런 손님들이 가게에서 불쾌한 행동을 한 적도 없고, 재방문할 때는 친구를 데리고 오기도 하니 참 고마운 일이다. 그 손님들은 가게 인테리어나 음식을 사진 찍는다. 시마 씨의 말처럼 음식값도 내는 데다 홍보까지 해주는 손님들인데, 정작 아키코는 이래도 괜찮은지 의구심이 들곤 했다. 자신의 가게가 모두에게 열려 있는 개방적인 곳이 아닌 것은 누구보다 잘 알지만, 손님이 너무 특정되는 것도 좋지 않을 것이다.

잡지사에서 몇 건의 취재 요청도 받았다. 전부 비슷비슷한 패션을 즐기는 사람들이 읽을 법한 잡지였다. 취재를 해준다면 감사하지만 어딘지 마음에 걸려서 전부 거절했다. 그러나 쉽게 물러나지 않는 편집자도 있었다.

"전에는 편집 일을 하신 걸로 아는데, 맞나요?"

이상하게도 아키코의 사생활까지 속속들이 알고 있었다. 어떻게 알았는지 물었더니 블로그에 적힌 글을 봤다고 했다. 손님과 대화를 나누다가 이런저런 질문에 대답했더니, 그걸 그대로 블로그에 올린 모양이다.

"새롭게 출발하신 이유와 지금까지 어떤 어려움을 겪었는지 듣고 싶어요. 요즘 자기 가게를 내고 싶어 하는 여성들이 많다 보니……."

아키코는 거창한 이유는 없다고 대답하며 취재를 정중하게 거절했다. 한때 같은 직종에서 일했으니 편집자가 얼마나 고생스러운지 잘 알지만, 그다지 내키지 않았다.

가게를 경영하는 입장이면서 너무 오만한 생각일까? 출판사에 다니던 시절, 텔레비전에서 본 어떤 라면 가게 주인은 손님이 가게를 선택하는 것이 아니라 가게가 손님을 선택하는 것이라고 호기롭게 말했다. 마음에 안 드는 손님은 내보낸다, 꼭 그 가게에서 먹고 싶은 손님은 여러 차례 발걸음을 한 끝에 간신히 먹어도 된다는 '허가'를 받는다, 별 문제 없이 가게에 쉽게 들어온 손님들은 쫓겨나는 손님을 보고 우월감을 느끼는 구조였다.

그 방송을 보고 아키코는 몹시 불쾌했다. 저런 짓을 해서 대체 무슨 의미가 있을까? 경영자의 대단하신 자의식이 문제가 아닐까 싶어 기분이 나빴다.

어느 가게나 그 인테리어와 분위기를 좋아하는 사람이 있고 당연히 싫어하는 사람도 있다. 아키코는 썰렁할 정도로 단순한 수도원 식당이라는 가게 이미지는 떠올렸지만, 특정한 손님이 오면 좋겠다는 생각은 하지 않았다. 제공하는 요리와 가게 분위기가 마음에 들어 와주는 손님이라면 누구든 환영이었다.

그런데 가게를 열고 시간이 지나자 손님층이 완전히 치우쳤다. 엄마 식당의 단골손님들을 본의 아니게 배제해버린 것도 아키코로서는 가슴이 아팠다. 텔레비전이나 신문, 주간지는 없더라도 엄마의 단골손님들이 올 수 있는 가게를 만들어야 했을지도 모른다.

처음엔 엄마가 만들어놓은 식당 분위기를 모조리 털어내 전혀 다른 가게로 만들려는 마음도 있었는데, 과연 그게 현명한 선택이었는지 고민하는 밤이 늘었다. 목욕을 마친 뒤, 타로를 무릎에 앉히고 쓰다듬다 보면 고민도 사라지곤 했는데, 지금 이 고민들은 절대 잊어서는 안 될 중요한 문제가 되었다.

침대에 누워 팔베개를 해주자 타로는 금방 코를 골며 잠들었다. 잘 때만큼은 떨어지지 않겠다고 의사 표현을 하듯이 커다란 몸을 바싹 붙이고 있는 모습이 사랑스럽다.

아키코는 예전 엄마 식당을 떠올려보았다. 흔해 빠진 옛날식 식당은 새로울 것도 없고 세련되지도 않았다. 손님은 매일 오는 단골 아저씨들과 가끔 찾아오는 커플이나 학생이 전부였다. 간혹 여자들끼리 온 적도 있다. 엄마가 자기 가게의 손님은 80퍼센트가 남자고, 나머지는 여자라고 했던 기억이 있다.

"습기가 많은 장마철에는 테이블에 내놓은 간장이랑 소스가 빨리 떨어져."

그러면서 이런 말도 덧붙였다. 엄마는 대놓고 남자 손님에게 서비스를 잘해줬다. 그런 성격이 자신의 태생에도 중대한 영향을 끼치지 않았을까. 아키코는 남자 손님을 대하는 엄마의 태도를 이성 관계에 헤픈 사람으로 연결 짓고 혐오했었다.

운동부 활동을 마친 뒤인지 교복에서 먼지가 폴폴 날리는 남학생들이 오면, 엄마는 유난히 기뻐하며 주문한 돈가스 곱

빼기에 수북하게 더 얹어주었다. 또 그런 서비스도 없으면서 단체 할인이라고 음식값을 슬쩍 깎아주기도 했다. 한마디로 동네 장사하는 가게의 본보기 같은 식당이었다.

아키코의 가게에 오는 손님은 90퍼센트가 여자이고, 남자 손님은 여자친구를 따라왔거나 친한 동료 사이로 보이는 세련된 남자들 정도다. 대놓고 정탐을 목표로 오는 동업자는 손님으로 꼽지 않는다. 장사는 처음 해보지만 매일 다양한 사람을 보다 보니 그런 사람들을 구분할 줄 알게 되었다. 여자라면 보수적인 투피스 정장을 입고 남자라면 양복을 갖춰 입는다. 양복을 입고 오는 남자 손님이 거의 없다시피 해서 그런 사람이 가게에 들어오면 금방 눈에 띈다. 그들은 식사를 즐기러 오는 손님들과는 확연히 다르게 여러 차례 고개를 끄덕이거나 수첩을 꺼내 뭔가를 끄적였기 때문에 단박에 알 수 있다.

어떤 사람이든 이 가게에 관심을 가져준다면 감사한 일이긴 하다. 그런데 곰곰이 생각해보면 매일 똑같이 반복되어 지겨워했던 엄마 가게의 손님층이 훨씬 다채로웠다.

아키코는 자신이 어떤 가게를 원했는지 생각해보았다. 손님들이 산뜻한 공간을 즐길 수 있고, 좋은 재료로 만든 심플한 음식을 맛있게 먹을 수 있어 가끔 점심을 먹으러 가고 싶은 그런 가게……. 그저 이뻐이었다. 그런데 손님층이 지나치게 치우치고 말았다. 엄마 식당의 단골손님들 말처럼 소탈한 분위기는 아니다. 메뉴도 적고 가격은 비교적 비싸다.

“어쩔 수 없겠지?”

아키코는 잠든 타로 쪽으로 돌아누우며 조용히 혼잣말을 했다. 타로는 꼼짝도 안 하고 코를 골아댔다.

아키코는 가게를 차리면서 미리 사전 조사를 하지 않았다. 손님이 안 오면 곤란하지만, 손님이 우르르 몰려드는 가게를 낼 생각은 없었기 때문이다. 불경기에 손님이 모이는 가게는 저렴하고 양이 많은 곳이다. 그런 가게에 가는 손님은 첨가물이 들어갔든 재료의 질이 좋든 나쁘든 신경 쓰지 않는다. 음식에 들어가는 재료에 관심이 많고, 경제적으로 여유가 있는 사람은 가격이 비싸도 안심하고 먹을 수 있는 가게에 간다.

“결국 우리 가게는 어중간한 거네.”

점심으로 먹기에 아주 비싸진 않지만 싼 것도 아니다. 가격을 더 낮추거나 올릴 생각도 없다. 가게의 특징을 분석하면 ‘평범하지만 아주 조금 다르다’라고 할 수 있을까. 바로 이 점 때문에 손님이 한쪽으로 치우치는 건지도 모른다. 이런저런 고민을 하는 사이에 잠이 다 깨서 제대로 눈을 붙이지 못한 채

아침을 맞았다.

이 문제가 자꾸 마음에 걸려 다음 날 요리 학교 선생님에게 연락했더니, 개업하자마자 와주셨던 선생님이 이렇게 물었다.

"가게 분위기가 요즘 유행하는 스타일과 맞아서 그런 게 아닐까?"

"그런 건지도 모르겠어요. 가게 인테리어를 그런 느낌으로 한 게 안 좋았을까요?"

"안 좋을 건 없지. 처음부터 노린 것도 아니고, 운 좋게 유행하는 분위기를 좋아하는 사람들의 흥미를 끈 셈이니까."

"네……."

"그래도 손님이 계속 와준다면 좋은 일이지. 아키코 씨가 흔들리지 않는 게 중요해. 이건 본인이 제일 잘 알겠지만. 자신의 생각이 확고하다면 걱정할 필요 없어. 지금은 유행을 따르는 것 같지만, 뭐 어때? 손님을 모으려고 전전긍긍인 가게가 대부분인데 지금 하는 고민은 팔자 좋은 고민이야."

선생님이 웃으며 말했다. 아키코는 속에 쌓인 답답함을 털어놓아 몸이 가뿐해진 기분이었다.

출근한 시마 씨와도 그 얘기를 나누었다.

"그러고 보니 옷차림이 비슷비슷한 손님이 많네요."

시마 씨도 수긍했다.

“요즘은 다양한 패션이 동시에 유행하잖아요. 속눈썹을 붙이고 머리를 구불구불 말고 다니는 여자도 있고, 거의 민낯처럼 화장하고 편하게 에코 백을 들고 다니는 여자도 있고요. 그런데 사람들이 다 잡지에서 튀어나온 것처럼 비슷비슷해요. 유행에 따르지 않으면서 개성이 있는 사람은 거의 없으니까요. 그러니 어쩔 수 없는 일인지도 모르죠. 저처럼 유행에 둔감한 사람은 매번 유행을 열심히 좇는 사람들을 보면 대단히 다 싶어요. 눈이 핑핑 돌아서 저는 못 쫓아가겠어요.”

그러면서 고개를 절레절레 저었다. 시마 씨는 여성 잡지보다 남성 잡지에 실린 패션이 더 자신과 맞아 그쪽에 흥미가 있다고 했다.

“남자들 패션은 유행에 좌우되는 경향이 적어서 안심돼요. 저는 체구가 크고 여성스러운 스타일과는 거리가 멀어서 학창 시절부터 줄곧 그 방침으로 살고 있어요.”

줄곧 그 방침으로 산다는 말이 재미있어서 아키코는 웃음을 터뜨렸다. 시마 씨는 언제나 청바지에 운동화를 신은 보이시한 스타일인데, 감각이 좋아 매력적이다. 옷을 어디에서 사는지 묻자, 대부분 남자 옷을 중고로 산다고 했다.

"줄곧 그 방침이라는 말이지? 응, 정말 중요한 말이야."

아키코는 좋은 힌트를 준 시마 씨에게 고맙다고 말했다.

"시간이 지나면 또 먹고 싶어진다니까요"라고 말하며 계속 와주는 손님들도 늘어 두 사람은 매일매일 바쁘게 지냈다. 밤에는 가게를 닫으니 따로 쉬는 날이 없었다. 하지만 계속 이 상태라면 시마 씨가 힘들 테니, 아키코는 따로 휴일을 정해야겠다고 생각했다. 그러던 차에, 가게 밖으로 나갔다가 마침 밖으로 나온 건너편 찻집 아주머니와 우연히 마주쳤다.

"아키코. 장사가 잘되는 모양인데 밤에는 왜 안 해? 일손이 부족하면 한 명쯤 더 둘 수도 있잖아."

"아니요, 오히려 쉬는 날이 없어서 정기휴일을 만들려고 해요."

"아니, 영업시간을 늘리는 게 아니라 쉬겠다고? 아키코, 너 장사와는 정말 안 맞는구나."

아주머니가 단호하게 말하더니, 이어서 이 기회를 놓치면 안 된다, 물이 들어올 때는 몸이 가루가 되더라도 노를 저어 돈을 벌어야 한다는 자신의 장사 철칙을 들려주었다.

"너도 알겠지만 우리 가게도 손님이 끊이지 않고 오던 시절이 있었어."

“네, 알죠.”

“그래. 그때 나 얼마나 열심히 일했는지 아니? 종업원도 몇 명인가 뒀어. 다른 가게에 손님을 빼앗기면 안 되니까 같은 가격에 조금이라도 더 맛있는 커피와 홍차를 제공하려고 공부도 많이 했지. 하지만 경비가 문제잖아. 그런 균형을 맞추는 게 바로 이거야.”

아주머니가 왼손으로 자기 오른팔을 툭툭 쳤다. 아주머니도 자기 나름대로 공부도 하고 고생도 했을 것이다. 그렇지 않았다면 일찌감치 가게 문을 닫았을 것이다.

“손님층이 달라지는 시기도 있어. 우리 가게도 언제부턴가 혼자 사는 노인 손님들이 늘더라고. 혼자 밥해 먹기 귀찮으니 모닝 세트를 먹으러 오는 거지. 노인들은 이가 약하니까 샐러드 채소를 더 잘게 자르고 소시지도 씹기 편하게 요리하기도 했어. 할아버지, 할머니들한테 어떻게 해야 먹기 편한지, 맛은 어떤 게 좋은지 직접 물어보기도 했고. 손님마다 취향이 다 다르지만 전부 기억해뒀어. 그 당시 오던 손님들은 다 돌아가셨지만. 아무튼 나도 일단은 이걸 쓴다 이 말이야.”

이번에는 검지로 자기 머리를 가리켰다.

“가게를 오래 유지하는 건 쉽지 않네요.”

"그럼. 이 상점가만 해도 문 닫은 가게가 많잖아. 정답이란 게 없어. 쉬지 않고 공부해야지. 그럼 또 봐."

아주머니는 늘 그랬듯 하고 싶은 말만 늘어놓곤 돌아갔다. 영업시간에 나와서 수다를 떨 만큼 예전보다는 덜 바빴다. 대하기 거북할 때도 있지만, 경영자 선배로서 배울 점도 많았다.

가게를 열고 눈코 뜰 새 없는 시간이 지나 시마 씨와 주방에 앉아 있는데, 평소 가게에서는 잘 보지 못하는 70대쯤 되는 자그마한 할머니가 혼자 들어왔다. 할머니는 가게를 두리번두리번 둘러보며 서 있었다. 시마 씨가 메뉴판을 들고 가 "어서 오세요" 하고 인사하자 할머니가 뭐라고 얘기를 했다. 아키코가 가만히 지켜보고 있는데 시마 씨가 돌아왔다.

"다나카 씨라고 하시는데, 여기가 가요 씨의 가게인지 물어보셨어요."

엄마의 이름이 가요코다. 아키코는 그 할머니에게 다가가 물었다.

"제가 가요코 씨 딸이에요. 저희 어머니를 아세요?"

"아이고, 딸이야? 엄마랑 별로 안 닮았네."

그러면서 다나카 씨라는 할머니가 입에 손을 대고 웃었다.

"네, 그런 말 자주 들어요."

"그래서 가요 씨는 어디 계시나?"

다나카 씨가 몸을 쭉 펴고 아키코의 어깨 너머로 주방을 훑어보았다.

"우선 이쪽에 앉으세요."

아키코는 손님이 없는 테이블로 다나카 씨를 안내하고 혹시 시장한지 아닌지 확인한 뒤, 시마 씨에게 건너편 찻집에 가서 커피를 사다달라고 부탁했다.

"일부러 와주셨는데 죄송해요. 어머니는 돌아가셨어요."

다나카 씨는 깜짝 놀라 눈을 동그랗게 뜨더니 마시던 커피잔에서 입을 뗐다.

"아이고, 몰랐어."

다나카 씨는 어떻게 된 일인지 꼬치꼬치 캐물었다. 아키코는 엄마가 남긴 수첩에 친구분들 주소가 전혀 없어서 연락하지 못했다고 사과했다.

"겨우 세 살 차이인 나도 이렇게 건강한데, 그렇게 됐구먼."

다나카 씨는 잠시 고개를 숙이고 있다가 커피를 한 모금 마셨다.

"젊어서 같이 일했어. 사이가 그렇게 좋진 않았지만. 가요 씨가 느닷없이 가게를 그만두고 결혼해서 이쪽으로 이사했다는 소식은 얼핏 들었지. 그리고 한참 지난 뒤에 식당을 열었다는 소식도 들었고. 그 당시 나도 부모님이 편찮으신 데다 애도 생겨서 바쁘게 살다 보니 연락이 뚝 끊어졌지. 오늘은 이 근처에 일이 있어서 온 김에, 혹시나 하고 한번 들러본 거야. 우리 동네에서 여기까지 한 시간은 족히 걸리거든. 나이를 먹으면 마음이 있어도 엉덩이가 영 무거워져서."

"몇십 년 전 일인데도 기억해주셔서 감사해요. 어머니도 기뻐하실 거예요."

엄마는 생전에 옛 지인들을 만난 적이 없었다. 엄마는 과거를 전부 끊어내고 이곳에 왔을 테지만, 고향에서는 이런저런 소문이 떠돈 모양이다.

"딸한테 할 말은 아닌데, 실은 이상한 소문도 있었어."

아키코는 올 게 왔다 싶어 마음을 가다듬었다.

"어떤 소문이요?"

"가요 씨가 스님의 이게 되어서 애까지 낳았다고 들었는데, 형제는 있나?"

다나카 씨가 새끼손가락을 들고는 목소리를 낮췄다.

"없어요."

"그래? 그럼 딸 하나였나? 체격도 생김새도 가요 씨랑은 안 닮았는데, 그래도 낳아준 엄마가 가요 씨는 맞지?"

"그럼요."

"엄마한테 뭐 들은 얘기 없어?"

다나카 씨는 무슨 일로 여길 찾아왔을까. 엄마 생각이 나서 그리운 마음에 왔을 텐데, 옛날 일을 들먹이며 아키코에게 진위를 밝혀내려고 했다.

"제가 태어나고 곧 아버지가 돌아가셨다고만 전해 들었어요. 다른 건 잘 몰라요."

"아이고, 그래? 그 아버지가 결혼한 남편을 말하나? 아니면 스님 얘긴가?"

다나카 씨가 고개를 여러 번 갸웃거렸다.

"저도 확실하게 듣진 못했어요. 아무튼 엄마 혼자서 저를 키우셨어요."

"그렇구먼. 그나저나 이 가게는 빌려서 하는 거야?"

다나카 씨가 점점 사적인 일까지 캐물었다. 아키코는 엄마에게 물려받았다고 대답했다.

"가요 씨가 가게를 남겨줬어? 그거 대단하네."

다나카 씨는 다시금 가게를 둘러보며 연신 감탄했다. 사실 엄마의 가게는 어떠어떠했고 지금 이 가게는 자기 취향에 맞게 인테리어를 바꾼 것이라고 말하고 싶었지만, 또 귀찮게 캐물을 것 같아 아키코는 잠자코 있었다. 다나카 씨에게 악의가 없다는 것은 안다. 그저 호기심에 생각나는 대로 물을 뿐이다.

20분쯤 지나자 여자 손님 네 명이 들어왔다. 그들을 본 다나카 씨가 가방에서 낡은 벽돌색 가죽 지갑을 꺼냈다.

"이만 가봐야겠네. 커피가 얼마야?"

"아니에요, 마음 쓰지 마세요."

아키코는 거절하고, 서둘러 주방으로 달려가 샌드위치를 포장했다.

"이거 괜찮으시면 드세요. 근처에 오시면 또 들러주시고요."

다나카 씨는 집에 돌아가 맛있게 먹겠다며 고마워하면서 가게를 나갔다. 그러더니 잠시 후 다시 돌아왔다. 두고 간 물건이 있나 싶어 입구를 바라보자, 다나카 씨는 아키코에게 작은 꽃다발을 건넸다.

"미안해서 어쩌나. 가요 씨가 떠났을 줄은 몰랐어. 저기 꽃집에서 샀는데 가요 씨 영정 앞에 좀 놔줘."

"감사합니다."

아키코는 작은 꽃다발을 두 손으로 안고 고개를 숙였다. 다나카 씨는 그 말을 끝으로 돌아갔다.

“엄마와 예전에 같은 가게에서 일하셨던 분이래. 일부러 찾아와주셨어.”

“지금도 기억하시네요.”

“고맙지. 나중에 엄마한테 보고해야겠다.”

시마 씨에게는 자신의 출생과 관련한 얘기를 굳이 밝힐 필요는 없어서 이제껏 말하지 않았다. 다나카 씨의 말을 들어보니, 엄마 고향에서는 진실과 거짓이 적당하게 섞여 소문이 나돌았나 보다. 어느 쪽을 진실로 받아들일지는 듣는 사람에 달렸다. 엄마는 남들에게 숨기려고 했겠지만 알 사람들은 모두 알았던 것이다. 결혼해서 일을 갑자기 그만두었다는 얘기보다 스님의 불륜 상대가 되어 애를 낳았다는 얘기가 듣는 이의 흥미를 더욱 자극했을 것이다. 게다가 그쪽이 사실이니, 세상은 참 재미있다고 아키코는 생각했다.

5

아키코는 시마 씨와 상의해 월급은 그대로 유지하되 매주 수요일에 쉬기로 했다. 예전에는 상점가의 가게들도 많이 쉬었는데, 요즘은 불경기 탓인지 휴일 없이 일하는 가게가 많아졌다. 영업시간은 짧지만 계속 쉬지 않고 일하다 보면 일에 끌려다니느라 일상과 구별이 안 될 것 같았다.

일할 수 있을 때 일해야 한다는 찻집 아주머니라면 팔자 좋은 양반님들 장사라 부럽다고 비꼴 것이다. 초보 장사꾼의 팔자가 좋을 리 없고, 양반이 아니라 짚신 삼는 평민 신세니 평민도 쉬지 않으면 몸과 머리가 제대로 돌아가지 않는다.

실제로 가게를 시작한 후로 집이 점점 지저분해졌다. 가게에는 타로의 털이 한 올이라도 나오지 않게 신경을 쓰는데, 집은 아무래도 소홀하게 된다. 가게 문을 일찍 닫는 편이지만, 다음 날 쓸 식재료를 들이고 밑손질도 해야 한다. 그러니 일을 다 마친 후에 팔을 걷어붙이고 집 안 구석구석을 청소하긴 힘들다. 게다가 퇴근하고 돌아오면 타로가 기다렸다는 듯이 달라붙는다.

"자, 잠깐만 청소 좀 하고……."

떼어놓으려고 해도 타로는 커다란 머리를 아키코의 품에 밀어붙이고, 두 앞발로는 옷을 꼭 붙잡아 절대 떨어지지 않겠다는 의지를 표현한다. 이렇게까지 매달리는 타로를 억지로 떼어놓을 수도 없어 아키코는 타로를 품에 안고 멍하니 시간을 보낸다. 그러다 보면 엉덩이가 무거워져, 목욕만 하고 그대로 잠드는 날이 계속되고 있는 것이다. 그때그때 눈에 띄는 쓰레기를 버리고 매일 걸레로 바닥을 닦긴 하지만 어딘지 어수선해 보였다. 공기까지 맑은 가게와는 전혀 다른 방을 보며, 아키코는 이래선 안 되겠다고 반성했다.

첫 번째로 맞은 정기휴일, 아키코는 아침에 일어나자마자 모든 창문을 열었다. 창을 열어봤자 보이는 것은 녹음이 아니라 상점가의 건물이지만, 그래도 아침 공기를 맡자 기분이 상쾌해졌다. 아직 7시여서 건너편 빌딩은 인기척 없이 고요했다. 창밖으로 고개를 내밀어 상점가를 내려다보니 까마귀가 울며 동네를 돌아다니거나 전선에 앉아 있었다.

젊은 여자 둘이 큰 소리로 수다를 떨며 역으로 걸어가는 모습도 보였다. "진짜?", "그거 대단하다"라며 재미있는 일이라도 있는지 이리저리 비틀거리며 걸어갔다. 중년 부부가 보르조이 두 마리를 데리고, 그런 두 사람을 쳐다보면서 창문 바로 아래를 지나갔다.

길에는 패스트푸드 봉지, 반쯤 먹고 남긴 편의점 도시락이 나뒹굴고 있었고, 은행 입구 계단에는 빈 캔이 여러 개 놓여 있었다. 창밖으로 제각각의 현실 세계가 보였다.

그래도 어제와는 다른 새로운 공기가 방 안으로 들어왔다. 아키코는 욕실과 화장실의 작은 창까지 열 수 있는 창이라면 전부 열어 환기를 시켰다. 타로가 콧구멍을 벌름거리며 고개를 쳐들었다. 달라진 공기 냄새를 맡는 모양이다. 아키코는 라디오를 켜 세상 돌아가는 얘기를 들으며 아침을 준비했다.

가정용 소형 도정기로 찧어둔 오분도미를 냉장고에서 꺼내 씻고 소쿠리에 담았다. 혼자 살다 보니 쌀 소비량이 적어 마트에서 판매하는 오분도미를 포대로 사서 오래 두면 맛이 변한다. 그래서 아예 무농약 현미를 사서 그 주에 먹을 양만큼만 도정한다. 그러면 풍미가 전혀 다르다.

질냄비를 준비하고, 된장국을 끓일 냄비에는 다시마를 넣었다. 가게의 식재료는 남지 않게 적당히 주문하고 있지만, 전부 사용하지 못해 남을 때도 있다. 그러면 시마 씨와 반씩 나눠 각자 냉장고와 냉동고에 넣어두었다가 배를 채운다.

첫 번째 휴일의 아침 메뉴는 남은 채소와 두부를 듬뿍 넣은 된장국, 말린 전갱이구이와 쌀밥이었다. 두부는 가게에서 물기를 제거한 뒤 올리브오일, 마늘, 레몬즙을 넣어 스프레드를 만들고 남은 것이다.

아키코가 냉장고에서 말린 전갱이를 꺼내자, 그때까지 잠이 덜 깬 것처럼 보이던 타로의 눈빛이 바뀌었다.

"야옹, 야옹."

목청을 높이며 부엌으로 와 아키코 발치에서 시끄럽게 울어댔다.

"말린 생선은 염분이 많아. 엄마가 먹어보고 괜찮으면 조금 나눠줄게."

아키코가 타이르자 타로는 벌써 혀를 날름거리며 자리에 앉아 먹을 채비를 갖췄다.

실내를 정리하다 보니 금세 시간이 흘렀다. 아키코는 1인용 질냄비로 밥을 짓기 시작했다. 쌀 한 홉 정도면 끓기 시작한 뒤 10분이 지나 불을 끄고 15분쯤 더 뜸을 들인다. 그러면 밥이 다 되니까 전기밥솥보다 훨씬 빠르다. 생선을 노리고 있는 타로는 앉은 채로 우오오옹, 아우우웅 하고 난리였다.

"알았으니까 그만 울어."

아키코가 핀잔을 줘도 타로는 포기하지 않고 빨리 달라고 재촉했다.

밥이 완성되자 드디어 아침상이 차려졌다. 생선이 짜지 않아 타로에게도 나눠줄 수 있었다. 질냄비 뚜껑을 열자 김이 물씬 올라왔다. 주걱으로 밥을 섞자 김이 또 무럭무럭 피어오르면서 고소한 밥 냄새가 났다. 아키코는 이 순간이 좋았다. 빵 굽는 냄새만큼 밥 냄새도 좋아한다. 냄새를 맡으니 배가 더 고파졌다.

조용히 해달라는 뇌물로 전갱이를 먼저 줬는데, 타로는 금방 먹어치우고 더 달라는 듯이 눈을 동그랗게 뜨고서 아키코를 빤히 쳐다보았다.

고양이에게는 고양이용 사료를 줘야 하지만, 평소 혼자 오래 두는 것이 미안해 아키코는 전갱이에서 염분이 최대한 적은 부위를 골라 타로의 밥그릇에 덜어주었다.

"오늘만이야. 이걸로 끝이다?"

타로는 기뻐 어쩔 줄 모르며 전갱이를 먹었다.

아키코는 밥, 된장국, 생선구이, 채소 절임을 담은 쟁반을 식탁으로 옮겨 먹기 시작했다. 타로는 더 얻어먹을 게 있나 쟁반을 슬쩍 들여다보았지만, 순순히 포기하고 앞발로 얼굴을 비비며 만족스러운 표정을 지었다.

매일 아침을 꼭 챙겨 먹지만 가게를 연 이후로 오늘처럼 차분하고 느긋하게 먹기는 처음이다. 식재료를 들이는 날이면 더 일찍 일어나야 해서 주먹밥 하나로 대충 해결하거나, 빵 공방에서 산 천연효모빵을 구워 달걀과 양상추만 끼워 먹기도 한다. 가게 문을 여는 시간이 정해져 있어 무슨 일이 생기든 무조건 그 시간에 맞춰야 하니, 늘 정체 모를 누군가에게 쫓기는 기분이 들어 조급하다.

가게를 열고 보름쯤 지났을 무렵에 아침부터 계속 함께 일하는 시마 씨에게 "아침은 어떻게 먹고 와?" 하고 물어본 적이 있다. 혼자 살면서 식사를 준비하긴 쉽지 않을 테니 먹지 못한다면 같이 먹을 생각이었다.

"저는 요즘 두뇌빵을 먹고 와요."

시마 씨가 대답했다.

"두뇌빵?"

"어려서 부모님이 머리가 좋아진다면서 자주 먹이던 빵이에요. 머리가 좋아지는 성분이 들었다나. 집에서 택배로 뭘 보내주면 그게 잔뜩 들어 있어요."

머리가 좋아지는 빵이 있다는 얘기는 들어본 적 있지만, 실제로 먹는 사람은 처음 보았다.

"효과는 있었어?"

아키코가 웃음을 참으며 물었다.

"글쎄요, 있었는지 모르겠네요. 지망하던 학교에 들어가긴 했지만 다 체력으로 들어간 셈이라서요."

시마 씨도 피식 웃으며 고개를 갸우뚱했다.

다음 날, 시마 씨가 두뇌빵을 가지고 와서 아키코도 처음 먹어 보았다. 딱딱한 건빵 종류일 줄 알았는데 의외로 달콤한 과자에 가까웠다. 아키코는 시마 씨가 보는 앞에서 두뇌빵을 먹으며 웃었다.

"이걸 먹고 머리가 좋아지면 진짜 좋겠다. 하하하."

"네, 정말요."

그렇게 시마 씨와 같이 빵을 먹으며 두뇌가 명석해지기를 빌었다.

‘시마 씨는 오늘도 두뇌빵을 먹으려나?’

아키코는 아주 맛깔스럽게 지어진 밥을 먹으며 시마 씨를 생각했다. 그러나 그때 시마 씨는 아직 이불 속에서 단꿈을 꾸고 있었다.

놀아달라는 표정인 타로의 눈치를 보면서 아키코는 침대 패드와 이불을 상점가 반대쪽으로 나 있는 뒤쪽 창틀에 널었다. 옥상에 가면 빨래를 널 곳이 따로 있지만 최근 까마귀가 늘어나 오후에 올라가보면 새똥 테러를 당해 뒷정리하느라 고생이었다. 그 이후로 이불도 창틀에 널어 간편하게 말린다.

다음으로 책장과 서랍장의 먼지를 털고, 바닥은 청소기를 돌렸다. 청소기 소리라면 질색하는 타로는 청소기를 꺼내자마자 쏜살같이 달아나, 집에서 가장 안심할 수 있는 옷장 깊숙한 곳에 숨었다. 타로는 끔찍해 죽겠다는 표정을 짓고 겨울 코트 사이에서 몸을 동글게 말았다.

“조금만 참아줘.”

아키코가 달래자, 타로는 “냐옹” 하고 기어들어가는 목소리로 힘없이 대답하고 그 자리에 누웠다. 매일 걸레질은 하니 그렇게 지저분하지 않을 줄 알았는데, 가구 뒤나 구석에 타로의 털과 먼지가 쌓여 있었다. 아키코는 그 전부를 청소기로 쑥쑥 빨아들이며, 방도 가게와 마찬가지로 깔끔하게 해둬야겠다고 생각했다.

엄마가 살아 계실 때, 엄마의 방은 가게와 마찬가지로 물건이 넘쳐 복작거렸다. 사교성이 끝내주는 사람이라 선물도 자주 받았다. 침대 옆에 연대순으로 장식품이나 그릇 따위를 쌓아두어, 아래쪽엔 대체 뭐가 있는지도 모를 형편이었다.

"필요한 게 어디 있는지는 다 알아."

엄마는 그렇게 주장했다.

"그럼 부채는 어디 있는데?"

아키코가 따져 묻자, 엄마는 망설이는 기색도 없이 쌓인 상자 틈에서 부채를 냉큼 꺼내더니 이거 보라는 듯이 코웃음을 쳤다.

"후훗."

그러고는 부탁도 안 했는데 커튼 뒤로 밀어둔 작은 서랍장을 열어 상점가에서 받은 싸구려 부채를 꺼내 "이건 너 쓰렴" 하고 주었다. 수납할 장소가 따로 있으니 계절별로 정리했다가 꺼내 쓰면 편할 텐데, 엄마는 평소 쓰는 물건을 전부 방에 넣어두었다. 벽장에는 아주 옛날에 참석한 결혼식에서 받은 선물, 쓰지 않는 그릇, 오래된 담요, 이불, 거울 세 개짜리 화장대와 그 세트인 스툴 등 무거운 물건들이 들어 있었다. 워낙에 버리지 못하는 성격인 데다 물건이 계속 늘어나니 아키코가 보기에는 잡다한 물건이 가득한 창고 같았다.

그때와 비교하면 지금은 공간이 휑하다. 창을 열면 공기가 시원하게 통한다. 엄마가 살아 계실 때도 지금처럼 깔끔하게 정리하면 좋았겠지만, 엄마는 물건이 넘치는 방에서 파묻혀 사는 것을 좋아했다.

단골 아저씨들과의 술자리를 파한 늦은 밤, 엄마는 "아이고야" 하고 침대에 앉아 숨을 몰아쉬었다. 잠시 그러고 있다가 바닥으로 스르륵 내려와 침대에 기대고는 또 숨을 길게 내쉬었다. 그리고 피식 웃으며 아키코에게 부탁했다.

"거기 아가씨, 심부름 시켜서 미안한데 호지차(녹차 찻잎을 센 불로 볶아 만든 차-옮긴이) 한잔 마실 수 있을까?"

나이를 먹을수록 체력이 부쳤을 텐데, 아키코가 기억하는 한 엄마는 지쳤다는 말을 한 적이 없다. 딸에게 걱정을 끼치지 않으려는 마음이었는지, 정말로 지치지 않았는지는 지금도 알 수 없다.

'엄마 일은 엄마가 알아서 잘하고 있어.'

이렇게 고집을 부렸는지도 모르겠다는 생각이 문득 들었다.

청소기를 끄고 걸레로 바닥을 닦기 시작했다. 청소기 소리가 안 나자 타로가 밖으로 나와 엎드려 걸레질을 하는 아키코 옆에서 "야옹, 야아옹" 하고 말을 걸었다.

"청소부터 하고. 다 하면 놀아줄게."

타로는 좌우로 움직이는 아키코의 손을 빤히 쳐다보다가, 꼬리를 휙휙 흔들더니 걸레로 후다닥 달려들었다.

"타로, 장난치지 마."

타로는 두 앞발로 걸레를 꽉 누르고 '내가 잡았어!'라고 말하듯이 꼬리를 살랑살랑 흔들었다.

"이럼 안 돼. 지저분해지니까 저쪽에 가 있어."

그러자 타로는 "냐옹!" 하고 반항적으로 울며 걸레 끄트머리를 또 물었다.

"어쩔 수 없네."

아키코는 서랍에서 끝에 털이 달린 고양이 장난감을 꺼냈다. 오른손에는 걸레, 왼손에는 장난감을 들고 타로와 놀아주며 걸레질을 했다. 타로는 그 커다란 덩치를 이리저리 굴리며 장난감을 잡으려 들더니 갑자기 멀찌감치 떨어져 사냥하는 모드에 들어갔다. 아까처럼 꼬리를 흔들다가 후다닥 장난감을 덮쳤다. 아키코가 생각하기에 오른손과 왼손을 각각 움직이는 이 동작이 두뇌빵보다 머리에 좋을 것 같았다.

가게를 연 후로 타로와 마음껏 놀아준 적이 없다. 안아주면 얌전해지니까 그렇게 해주곤 있지만, 중성화 수술을 했어도 수컷은 수컷이다. 밖에 일절 내보내지 않으니 수고양이답게 힘을 쓰며 놀고 싶을 것이다. 타로도 얼마나 참고 있을까. 고양이 장난감을 보고 눈빛까지 바뀐 타로를 보니 아키코는 미안한 마음이 들었다.

온 집 안의 바닥을 다 닦고 나니 완전히 지쳤다. 쉰 살이 넘은 나이에 일을 한꺼번에 다 하려고 들면 안 되겠다고 아키코는 반성했다. 커피라도 마시며 정신을 차리려고 원두를 갈아 드리퍼로 커피를 내렸다. 블랙커피가 가장 입맛에 맞는다. 구수한 커피 향이 나자 타로도 콧구멍을 벌름거렸다.

"타로도 좋은 냄새 나는 거 알겠니?"

말린 전갱이와 달리 자기가 못 먹는 음식인 줄 알아서 타로의 행동이 달라지진 않았지만, 자기 나름대로 향을 즐기는 것처럼 보였다.

아키코는 의자에 앉아 커피를 마시며 창 너머로 보이는 하늘을 바라보았다. 빌딩과 아파트가 즐비한 사각형 틀 안을 참

새가 활기차게 날아 지나가고, 까마귀는 느릿느릿 날아 아파트 난간에 앉기도 했다. 아키코가 어렸을 때는 이 근방에 높은 빌딩이 드물어서 창을 열면 드넓은 하늘만 보였다. 지금은 불이라도 나면 큰일이지 않을까 싶을 정도로 건물이 빽빽하게 들어섰다. 시간이 쏜살같이 흐른다 싶어 아키코는 한숨이 나왔다.

아키코뿐만 아니라 학창 시절 친구들도 비슷한 말을 한다.

"회사를 그만두고 이 나이에 가게를 시작하다니 정말 대단하다. 나는 그럴 용기도 없고 기력도 없어. 이대로 나이만 먹는다고 생각하면 좀 서글프긴 해."

친구들이 이런 소리를 했으나, 아키코는 용기나 기력을 낸 기억이 없다. 고민은 했지만 열심히 애를 쓴 기억도 없다. 주변에서 보면 쉰 살이 넘은 여자가 이를 악물고 새 직업을 찾으려고 고군분투한 것처럼 보이겠지만, 정작 아키코 본인은 느긋했다.

물론 조리사 자격증을 따려고 공부도 했고, 식재료를 들여오려고 생산자나 업자들과 만났을 때, 주방 일을 배워두려고 식당에서 아르바이트를 할 때는 절대 느긋하게 살지 않았다. 바짝 긴장하고 성실히 일했다. 그래도 전체적으로 보면 책임감을 느끼면서도 역시 태평하게 지냈다.

"그걸로 돈이 벌려?"

가게를 연 뒤로 지인들에게 들은 말 중 가장 싫었던 소리다. 친구들 중에도 그렇게 묻는 사람이 몇 명쯤 있었다. 그때마다 아키코는 '얘랑은 앞으로 못 만나겠는데' 싶어 입맛이 썼다.

교양이 있는 사람은 그런 건 물어보지 않는다. 묻는 쪽이야 궁금하니까 솔직하게 물었을 뿐이겠지만, 아키코는 예전부터 알고 지낸 그 사람들에게 환멸을 느꼈다. 대답하지 않으면 괜히 엉뚱한 오해를 살 테지만, 수입을 솔직하게 밝힐 의무는 없으니 대충 얼버무려 대답했다.

"회사 다닐 때가 훨씬 편했지."

"그렇지. 매달 정해진 돈이 꼬박꼬박 들어오니까."

그러면 상대방도 대부분 이렇게 말을 받으며 물러난다.

"그래서 얼마나 버는데?"

그런데 간혹 끝까지 물고 늘어지는 사람도 있어서 당혹스러웠다.

나무가 보이는 풍경이 아니라도 가게 일에 시달리지 않고 하늘을 가만히 바라보고 있으니 행복했다. 젊어서는 생일이나 크리스마스에 케이크를 먹거나 선물을 받는 이벤트가 즐거웠는데, 이 나이쯤 되니 일상의 사소한 것에 행복을 느꼈다. 아무리 소소한 일이라도 자신이 행복하다고 느낀다면 그것으로 만족했다. 아키코는 머리에 쏟아지는 햇빛을 받으며 꾸벅꾸벅 졸고 있는 타로를 바라보았다.

11시가 지나서 문득 창 아래를 내려다보니 가게 앞에 손님들이 와 있었다. 매주 수요일에 쉰다고 적은 안내문을 보고는 두런두런 얘기하는 소리가 들렸다.

"몰랐네. 일부러 온 건데."

휴일을 알리는 안내문을 미리 테이블 위에 놓고 가게 앞 칠판에 적어두기도 했지만, 처음 방문하는 손님은 그런 정보를 얻지 못한 것이다. 블로그나 트위터를 운영했다면 알릴 수 있었을 텐데, 괜한 헛걸음을 하게 했다.

"죄송합니다."

아키코는 무심코 가슴 앞에 두 손을 모았다. 아무래도 마음이 쓰여서 얼마간 창밖을 지켜보았는데, 가게 앞까지 와서 안내문을 보고 떠나는 손님이 몇 명이나 있었다. 정기휴일이 정착될 때까지는 어쩔 수 없겠지만 그래도 아키코는 마음이 아팠다.

점심으로는 가게 메뉴로 생각 중인 콩수프를 시험 삼아 만들었다. 하얀 강낭콩, 빨간 강낭콩, 병아리콩, 렌틸콩 등을 아낌없이 넣어 만든 수프다. 콩을 좋아하는 사람이라면 반기겠지만, 콩 맛이 워낙 강해 주가 되는 샌드위치를 어떻게 내느냐가 문제일 것이다. 특히 남자 중에는 콩을 싫어하는 사람도 많다. 콩의 양을 줄이면 너무 평범해질 것이고, 그렇다고 콩을 좋아하는 손님들만 중점적으로 노려도 될지 판단이 서지 않았다. 수프가 아니라 후무스(삶은 병아리콩을 으깨고 올리브오일, 레몬즙, 마늘 등을 넣어 만드는 중동 음식-옮긴이)처럼 콩 페이스트로 만들어서 곁들여 내는 편이 어떨지 한 입 한 입 먹으며 이런저런 생각을 했다.

아키코는 책장에서 외국 요리책을 한 권 꺼냈다. 채식주의자 중에서도 육류와 어류를 절대 안 먹는 '비건'을 위한 요리책으로, 동물에서 나오는 재료를 일절 쓰지 않는 레시피를 소개한다. 예를 들어 소의 지방으로 만드는 젤라틴도 안 쓰고, 생선포로 우려낸 육수도 쓰지 않는다.

비건 중에는 원래 육류를 못 먹는 사람도 있지만, 대다수가 동물을 사랑하는 마음에서 채식을 시작한다고 한다. 개나 고양이는 사랑을 받으며 사는데 왜 소, 돼지, 말, 양, 닭은 인간의 음식이 되기 위해서 죽어야 하는가, 이런 이유다.

동물을 좋아하는 아키코도 그런 모순을 느낀다. 새끼 양이나 송아지를 보면 분명 "어머나, 귀여워"라고 할 텐데, 레스토랑에서 접시 위에 놓인 고기를 보면 또 "와, 맛있겠네" 하고는 먹는다. 자신은 동물을 좋아한다면서 위선이나 떠는 인간은 아닐까, 이따금 스스로 질문을 던지곤 한다. 개나 고양이를 좋아하니까 그 고기만 안 먹으면 되는 문제가 아니다.

가게에서는 고기를 사용하지만 최대한 적게 쓴다. 수프의 맛을 낼 때 흔히 사용하는 베이컨도 쓰지 않는다. 대신 채소에서 나오는 맛을 살리려고 노력한다. 고기를 좋아하거나 화학조미료가 내는 맛에 익숙한 사람은 뭔가 부족하다고 느낄 것이다. 그러나 모든 사람이 하루 세끼를 신경 써서 먹진 못할 테니, 최소한 자신의 가게에서만이라도 몸에 부담이 덜한 음식을 먹이고 싶은 것이 아키코의 마음이었다.

비건 요리책에는 콩이나 두부를 쓴 요리가 다양하게 실린 동시에 당분이 많은 디저트 레시피도 많았다.

'이래서 외국 채식주의자 중에 체구가 좋은 사람이 많은 걸까?'

고기를 못 먹는 욕구불만을 해소하기 위해 달콤한 디저트에 집착하는지도 모르겠다. 극단적으로 되고 싶진 않으나, 비건에 가까워지려는 마음으로 살고 싶은 것이 아키코의 솔직한 심정이다.

2시가 지나 이불을 걷고 있는데 초인종이 울렸다. 누가 왔나 하고 1층으로 내려가 외시경을 들여다보니, 며칠 전에 왔던 다나카 씨였다. 얼른 문을 열었다.

"오늘 가게가 쉬더라고?"

다나카 씨가 옆 빌딩 벽에 기대고 서 있었다.

"죄송해요. 오늘부터 매주 수요일에 쉬기로 했어요."

"그랬구먼. 근처에 또 일이 있어서 왔다가 그냥 들른 거야."

다나카 씨는 연보라색 레이스 카디건을 입고, 연한 베이지색 바지를 입었다. 나름대로 멋을 부린 모습이 귀여워 보였다. 아키코는 다나카 씨를 거실로 안내하고, 본인은 괜찮다고 했지만 혹시 시장할까 싶어 통밀빵으로 만든 샌드위치를 대접했다. 양상추와 달걀, 선물 받은 생햄을 넣은 단순한 샌드위치였지만, 다나카 씨는 드리퍼로 내린 커피와 함께 먹으며 몇 번이나 맛있다고 감탄했다.

"미안해서 어쩌나. 느닷없이 찾아와서는. 가게에서 밥을 먹을 생각이어서 맨손으로 와버렸어."

다나카 씨가 자꾸만 미안해했다.

"저야말로 죄송합니다. 휴일을 갑자기 정한 거거든요. 손님들도 몇 분이나 미처 모르고 왔다가 그냥 돌아갔어요."

다나카 씨는 고개를 끄덕이며 커피를 마시더니, 갑자기 표정을 싹 바꾸고 아키코 쪽으로 얼굴을 바싹 들이밀었다.

"저기 말이야, 이런 얘길 해도 되나 싶은데."

"네?"

아키코가 무심코 다나카 씨의 눈동자를 빤히 쳐다보았다.

"자기 아버지 말이야."

"네."

"저번에 잘 모른다고 했지?"

"네, 잘 몰라요."

"오지랖 같지만, 그 후에 내가 예전에 알고 지내던 사람들한테 물어봤거든. 그래서 얘기를 좀 듣고 왔어. 가요 씨가 떠나버렸으니 아버지가 어떤 사람인지 알 방법이 없잖아. 자식으로서 너무 불행한 일일 것 같아서, 괜한 참견이겠지만 들은 얘기만이라도 해주려고 이렇게 온 거야."

아키코는 어안이 벙벙했다. 엄마에게 들은 얘기 외에는 모르면 모르는 대로 괜찮다고 생각했는데, 상상도 못 했던 쪽에서 정보가 찾아왔다. 이게 잘된 일인지 아닌지 모르겠다. 적극적으로 듣고 싶은 마음은 없는데, 정보를 듣고 왔다는 다나카 씨가 말하고 싶어 안달이 난 표정으로 아키코를 보고 있었다. 기분 탓인지 다나카 씨는 숨까지 헐떡이는 것 같았다. 근처에 일이 있어서 온 게 아니라 어쩌면 그 얘기를 하고 싶어서 온 것은 아닐까.

"아, 그러셨군요."

아키코는 일단 그렇게 대답하고, 두 사람이 마실 녹차를 끓이려고 자리에서 일어나 주전자를 불 위에 올렸다.

6

다나카 씨는 녹차를 받아 들고서 방을 둘러보았다.

"어쩜 이렇게 정리를 잘해놨어. 가게도 깨끗하더니."

"청소를 워낙 못해서 물건을 안 두려고 해요. 자질구레한 것들을 치우며 청소할 엄두가 안 나더라고요."

"나는 물건을 늘어놓는 걸 좋아해. 외출했다가 우연히 귀여운 장식품을 보면 꼭 산다니까. 선반 위에 쭉 올려놓으면 마음이 안정되고 보기도 좋아서. 크기가 이쯤 되는 도자기 인형이나 봉제 인형도 있고 색종이로 꾸민 상자도 쭈르륵 늘어놨어. 매일 같이 하나하나 먼지를 털고 꼼꼼하게 청소도 해."

다나카 씨는 주름이 자글자글한 손으로 5센티미터에서 20

센티미터쯤 되는 크기를 그려 보이며 설명했다.

"나 같은 사람이야 남는 게 시간이니까."

아키코는 고개를 끄덕이면서, 대체 언제쯤 본론에 들어갈지 긴장이 되었다. 느닷없이 들이닥쳐 아버지 얘기를 해주겠다고 하니 차분히 있을 수가 없었다. 그런데 아무리 기다려도 다나카 씨는 아버지 얘기를 꺼낼 기미조차 보이지 않았다.

"지난번에 내가 가게에 와서 이 근처에 볼일이 있었다고 했잖아?"

"네."

"사실은 반년 전에 아들이 갑자기 죽었어. 심근경색으로."

"이런, 명복을 빕니다. 많이 힘드셨겠어요."

"그렇지, 고마우이."

다나카 씨는 무릎에 양손을 모으고 고개를 꾸벅 숙였다.

"갑작스러운 일이어서 다들 허둥지둥 정신이 없었어. 나한텐 하나밖에 없는 아들이었으니까. 내가 이런 성격이라도 장례식이니 화장이니 다 끝내고 나니까 한동안은 아무것도 못 하겠더라고."

"당연히 그렇죠."

"그렇지? 보통 다들 그렇겠지?"

다나카 씨가 동의를 구해서 아키코도 고개를 끄덕였다.

"그런 때인데 우리 며느리는 얼마나 못됐는지……."

그 후로 다나카 씨의 입에서는 며느리를 향한 갖은 욕설이 튀어나왔다. 장례식을 치르는 동안, 며느리는 애통한 표정을 짓긴 했으나 다나카 씨 자신이 슬퍼하는 만큼은 슬퍼하지 않는 것 같아 화가 났다고 한다.

"며느리이신 분도 당연히 슬퍼했을 거예요. 상주로서 의연하게 행동하느라 그렇게 보였을지도 몰라요."

아키코는 만난 적도 없는 며느리를 감쌌다.

"아니야, 말도 안 되는 소리. 그 여자는 절대 훌륭한 성격이 아니라고."

"아, 네……."

"자기가 뭐든 도맡아 할 테니까 어머님은 그냥 계시라고 하더라고. 나도 힘이 쭉 빠진 상태였으니까 알아서 하라고 일을 맡겼지. 그랬더니 자기들 유리한 쪽으로 다 해놓았어. 내가 얼마나 화가 나던지."

다나카 씨가 테이블 위에서 두 손을 주먹 쥐었다.

며느리를 믿고 이런저런 뒤처리를 맡겼더니, 다나카 씨가 수취인인 생명보험과 아들이 남긴 돈을 모조리 며느리와 손자가 나누려고 했다는 것이다. 백 번 양보해서 고등학생인 손자에게 가는 거야 받아들일 수 있지만, 친모인 자신은 한 푼도 받지 못한 채 며느리에게 전부 빼앗기는 것은 받아들일 수 없다며 씩씩거렸다.

"한 푼도 못 받는 건 확실히 이상한데요."

"그렇지? 자기가 생각해도 그렇지?"

다나카 씨의 얘기가 길어질 것 같았지만 아키코는 그래도 상관없다 싶어서 잠자코 들었다.

다나카 씨 말로는 며느리가 틈만 나면 자신의 통장이 있는 곳을 뒤져 잔액을 확인한다고 했다. 아들이 살아 있을 때, 다나카 씨가 은행에 다녀와서 텔레비전 장식장 위에 통장을 깜박 놔둔 적이 있는데 하필이면 며느리가 그걸 보더니 이렇게 말했다고 한다.

"어머님, 돈이 많으시네요."

그 후로 며느리는 통장 잔액에 유난히 관심을 보이기 시작했고, 다나카 씨가 외출하면 멋대로 서랍을 열어 엿보기까지 해서 요즘은 도장과 함께 통장을 가방에 챙겨 다닌다고 했다.

"통장을 꺼내 보는 건 어떻게 아셨어요?"

"내가 뒀을 때랑 방향이 조금씩 달라지거든. 서랍을 열면 단박에 알지.”

두 달에 한 번 연금이 들어오는 날이면 며느리의 눈초리가 의미심장해진다며 다나카 씨가 화를 냈다.

세상을 떠난 아들은 얼마 안 되지만 저금을 남겼다. 법률에 따라 돈을 나누려고 할 때, 며느리는 손자에게 이런 말을 했다고 한다.

“할머니는 돈이 있으니까 필요 없으실 거야.”

아들을 잃은 모친이므로 비록 대단한 금액은 아니더라도 아들이 열심히 일해 남긴 징표로 받고 싶었는데, 그 둘은 슬퍼하는 기색도 없이 아무렇지 않게 자기들끼리 나누려고 했고, 심지어 아들이 죽고 얼마 지나지도 않았는데, 아들이 벌어서 남겨준 돈으로 뭘 살지 신이 나서 의논까지 했다는 것이다.

“머리끝까지 화가 나고 어찌나 괘씸한지.”

다나카 씨가 분통을 터뜨리며 몸을 떨었다.

직계가족이니 다나카 씨도 유산을 상속할 권리가 당연히 있는데, 며느리는 시어머니인 다나카 씨가 노망이 들었다느니 하는 황당한 소리까지 지어냈다고 한다.

“이렇게 멀쩡한데 내가 무슨 노망이 들었다는 건지.”

겉으로는 멀쩡해 보이지만 아키코로서는 자세한 사정은 알 수 없었다. 또 상속 절차를 진행하면서 아들이 아무도 모르게 빚을 진 것을 알게 되었다. 그러자 며느리는 화를 내며 다나카 씨에게 말했다고 한다.

"빚은 어머님이 갚으세요."

왜 자기가 빚을 갚아야 하는지 묻자, "아내에게도 말하지 못할 빚을 지는 사람으로 아들을 키운 어머님 잘못이니까요"라고 대꾸했다는 것이다.

"하여간 자식들한테 불리한 건 죄다 나한테 미루고, 자기들 몫을 조금이라도 더 챙기려고 한다니까. 그래서 나는 나대로 도와줄 선생을 찾아 상담했어. 그 선생 사무소가 이 근처야."

그제야 아키코는 다나카 씨가 가게에 찾아온 이유를 알게 되었다.

"유산이라 해봤자 그리 많은 것도 아니야. 하지만 그렇게 갑자기 떠난 아들의 심정을 생각하면, 그것들한테 먹고 떨어지라고 주진 못하겠어. 며느리가 모르는 빚을 졌다지만, 어쩌면 죽은 그날 말하려고 했을지도 모르잖아. 아파서 요양 중이었다면 가족과 얘기할 시간도 있었겠지만 너무 갑작스럽게 갔으니까."

다나카 씨는 분하다는 듯이 입술을 깨물고는 이어서 차를 벌컥벌컥 마셨다.

“일이 원만하게 해결되면 좋겠네요.”

아키코는 다나카 씨를 달래려고 했다.

“그런 것들 상대로 원만하게 해결될 리가 없지.”

이런 날 선 말이 되돌아와, 아키코는 입을 다물고 다나카 씨의 텅 빈 찻잔에 차를 따랐다.

“그래도 선생 말씀이 나는 잘못이 없으니까 싸우면 그쪽이 질 거래. 후훗.”

다나카 씨가 생글생글 웃더니 자리에서 일어나려고 했다.

“그럼 나는 이만 가볼게.”

‘뭐라고?’

아키코가 황당해서 쳐다보자, 다나카 씨는 잠깐 고개를 갸우뚱했다.

“내 정신 좀 봐. 중요한 걸 깜박했네. 그냥 갔다간 노망난 노인네라고 했을 거 아냐. 봐, 제대로 기억하고 있다고.”

그러면서 다시 의자에 앉았다.

“그게 말이야.”

다나카 씨가 목소리를 가라앉히고 아키코의 얼굴을 빤히 쳐다보았다.

"자기 아버지 말인데."

"네."

"정말 아무것도 몰라?"

"전에도 말씀드렸듯이 제가 태어나고 얼마 지나지 않아 돌아가셨다는 얘기만 들었어요. 전 기억도 없고요. 어머니가 사진을 갖고 있었는데 잃어버리셨대요. 그래서 본 적도 없어요."

"그렇구먼."

나나가 씨가 머리를 벅벅 긁었다.

"나이를 먹으면 온 사방이 가려워."

한동안 침묵하다가 다나카 씨가 한숨을 푹 내쉬었다.

"같이 일했던 사람들한테 물어봤는데, 자기 아버지는 역시 스님이 맞더라고."

다나카 씨의 말을 듣고 아키코는 움찔했다. 전에 만났을 때는 결혼한 사람이거나 스님 중 하나였는데, 이번에는 스님으로 확 좁혀졌다.

"스님……이요?"

"응. 나도 아는 사람이야. 일하던 식당에 자주 오던 손님이었어. 식당 주인이 그 절의 신도였거든."

엄마가 해준 얘기와 같다. 엄마는 주위 사람들에게 들키지 않으려고 고향을 떠나 관계도 다 끊었다고 했는데, 알려질 대로 다 알려졌나 보다.

"지난번에 오셨을 때는 어머니가 결혼했을 거라고 말씀하셨잖아요?"

"가요 씨가 자기한테 그렇게 말했어?"

"네?"

얼버무릴 생각이었는데, 다나카 씨는 눈두덩이 처진 작은 눈으로 아키코를 뚫어지게 응시했다.

"아니요, 아버지가 돌아가셨다는 말만……."

"어쨌든 스님이 자기 아버지인 건 분명해. 문제는 가요 씨가 합법적으로 결혼한 아내였냐는 건데."

다나카 씨가 아키코 쪽으로 얼굴을 바싹 들이댔다.

"그게 아니었대."

목소리를 잔뜩 낮춰 속삭였다.

"결혼한 사이는 아니었군요."

"그래. 이거였던 거지."

다나카 씨가 왼손 새끼손가락을 세웠다. 그 몸짓을 보자 혐오감이 일었다. 혼외자식으로 태어난 것은 부정할 수 없는 사실이고, 아버지의 얼굴조차 모르니 자신의 처지에 별다른 감정은 없었다. 그러나 엄마를 놓고 그런 태도를 노골적으로 보이니 매우 불쾌했다. 아키코 자신도 의외라고 생각할 정도로 화가 울컥 치밀어 올랐다.

다나카 씨가 아키코의 그런 기분을 알아차릴 리는 없었다.

"가요 씨는 워낙 인기가 많았거든."

어딘가 그리움이 묻어나는 말투였다. 엄마를 우습게 여기는 느낌도 아니었다.

"또랑또랑하고 재치도 있었어. 일도 부지런히 잘했고. 활발한 성격이라 상대가 누구든 거침없이 말했는데, 신기하게도 그게 밉지 않더라고. 겉과 속이 똑같은 사람이라 다들 좋아했지. 가요 씨의 밉살스럽지 않은 성격에 다들 홀딱 넘어간 거야."

아마도 지금 다나카 씨 머릿속에는 엄마와 함께 일했던 시절의 가게 분위기와 손님들의 모습이 영화의 한 장면처럼 떠오를 것이다.

"아무튼 자기 아버지는 훌륭한 사람이었어."

다나카 씨는 아버지에 대해서도 칭찬했다.

"그 동네 절의 주지 스님이었는데, 워낙 온화한 사람이라 다들 신뢰하고 따랐어. 아키코 씨는 피부도 하얀 게 아버지를 많이 닮았네. 가요 씨는 까무잡잡하고 일본 사람처럼 생기진 않았잖아. 그래, 맞아. 스님은 옛날 사람치고 키도 컸어. 아키코 씨 피부도 하얗고 체격도 늘씬하네. 응, 역시 닮았어."

다나카 씨는 아키코에게 아버지에 대해 가르쳐주려고 온 것이 아니라 불확실한 소문을 확인하려고 온 것 같았다.

다나카 씨와 엄마는 젊은 시절의 동료라도 함께 일한 기간은 고작해야 2, 3년 정도일 뿐이고 친근하게 지내던 사이도 아니었다. 어쩌면 다나카 씨는 지금 서스펜스 드라마의 수수께끼를 푸는 탐정이 된 기분일지도 모른다. 아키코는 드라마의 등장인물이 되어버린 엄마와 자신의 처지가 조금 한심스럽게 느껴졌다.

"자식이 자기 부모가 어떤 사람인지 모른다는 건 불행한 일이지."

다나카 씨는 언젠가 들어본 적 있는 말을 거듭 말했다.

아키코의 아버지가 주지로 있던 절은 엄마와 다나카 씨가 일했던 식당에서 15분 정도 떨어진 곳에 있었다고 한다. 예전에는 동네 사람들과 절의 관계도 가까워서 장례식이나 법회 같은 행사 때는 물론이고, 다른 일로도 사람들이 수시로 절을 찾곤 했다. 일했던 가게에서 세 집 건너에 있는 쌀집 안주인이 아키코의 아버지와 동창생이어서, 동네에서 마주치면 승복을 입었든 작업복을 입었든 상관하지 않고 "어머, 쇼. 잘 지내?" 하고 큰 소리로 말을 거는 모습을 다나카 씨도 종종 보았다고 했다.

아버지는 작업복을 입었을 때는 "아, 너도 잘 지내지?" 하고 기분 좋게 대답했으나 승복을 입었을 때는 그저 묵례만 하고 지나갔다. 다나카 씨는 역시 스님이어서 승복을 입으면 태도도 달라지는 모양이라고 생각했다고 한다.

아키코는 아버지가 쇼라고 불린 것도 처음 알았다. 절을 물려받았다는 것은 장남이란 뜻일 테니, 아버지의 이름이 쇼이치나 쇼타로처럼 장남에게 붙이는 이름이리라 짐작했다. 그런데 다나카 씨가 곧이어 절의 장남이 전쟁 때 죽는 바람에 차남인 아버지가 후계자가 되었다고 알려줘서 이름을 짐작하는 것은 포기했다. 동급생은 쇼라고 불렀지만 다른 사람들은 절 이름을 따서 '쇼류 씨'라고 불렀다고 했다.

'내 얼굴을 남자로 바꾼 외모에 쇼류사의 주지 스님이었다 이거네.'

아키코는 절 이름도 처음 알았다.

식당 주인과 약속했는지, 아버지는 늘 문 닫을 시각쯤 찾아왔다고 한다. 그림자처럼 쓱 나타나 눈에 잘 안 띄는 구석 자리에 앉아 식사를 했다. 식사라고 해도 국 하나에 반찬 두 가지뿐인 단출한 차림이라 주인이 알아서 대접했다. 아버지도 남은 음식이 있으면 좀 먹고 싶다고 말하며 조심스럽게 주문했다고 한다.

"특히 튀김을 좋아하셨어. 튀김이 나오면 정말 맛있다는 표정으로 맛있게 드셨거든."

아키코는 문득 튀김 요리를 잘하던 엄마가 떠올랐다. 단호박, 연근, 고구마, 파드득나물, 새우, 조개관자 튀김까지. 뭐든 맛있어서 가게에서도 인기 메뉴라고 엄마가 늘 자랑했었다.

아버지는 식사를 하면서 식당 직원들과 담소를 나누었고, 인생 상담을 하려는 사람이 있으면 이야기도 들어주었다. 남들 보는 앞에서 하는 상담이니 진지하고 심각한 얘기는 아니었다. 주로 고향에 있는 부모님이 얼른 맞선을 봐서 결혼하라고 달달 볶는다는 등의 불평불만이 대부분이었는데, 아버지는 그때마다 차분한 표정으로 고개를 끄덕이며 상대의 마음이 편해질 만한 조언을 해주었다.

"그래도 마음이 계속 편치 않다면 부담 갖지 말고 절에 와 주십시오."

그렇게 말하고는 식당을 떠났다. 계산하는 모습까지도 왠지 교양 있어 보였다고 한다.

"옛날에는 막돼먹은 사내가 많았으니까 아무래도 더 그랬어. 특히 승복을 입고 있을 때가 멋있었지. 나도 넋을 놓고 바라봤는데, 가요 씨는 완전히 반해버렸던 모양이야. 사실 그보다는 그런 쇼류 씨가 부인이 있는데도 다른 사람에게 한눈을 팔았다는 게 놀라운 일이지."

"죄송해요."

아키코는 자기도 모르게 작은 목소리로 사과했다.

아버지인 쇼류 씨의 부인은 대대로 내려오는 유명한 포목점의 딸이라고 했다.

"사모님도 참하고 좋은 분이었어. 성격도 밝은 데다 인상도 좋았지. 미인이고 집안도 좋으니 비싼 기모노를 차려입고 점잔을 떨어도 될 텐데, 평소에는 명주로 만든 활동하기 편한 작업복만 입었어. 절에 행사가 있을 때도 단색 기모노를 입었는데, 허리띠만큼은 값비싸고 아름다운 무늬가 들어간 걸 차더라고. 우리도 그걸 보고 평소에 작업복만 입으니까 가끔은 저런 낙이라도 있어야지, 하고 수다를 떨곤 했어. 한번은 남편과 주먹다짐까지 할 정도로 크게 싸워 한밤중에 가출한 여자가 갈 곳이 없어 쇼류사에 찾아갔는데, 사모님이 싫은 내색 하나 없이 묵게 해주고 다음 날 집까지 데려다준 일도 있었어. 정이 그렇게 많은 사람이었어. 동네 사람들한테 무료로 꽃꽂이나 재봉을 가르쳐주기도 하고. 또 절을 물려받을 아들도 낳았잖아. 그렇게 훌륭한 사람은 드물다니까."

아버지와 엄마는 그토록 훌륭한 부인을 배신했다. 아키코는 한숨이 나왔다. 아버지는 흠잡을 데 하나 없는 부인을 두고 왜 엄마와 그런 관계가 되었을까.

매일 밤 단골 아저씨들과 어울려 술과 담배를 즐기고, 왁자지껄 떠들던 엄마의 모습이 떠올랐다. 엄마는 그런 분위기를 워낙 좋아했으니 애초에 남자에게 헤픈 성격이었을까. 튀김에 얽힌 행복한 추억이 와르르 무너질 것 같았다.

"가요 씨와 쇼류 씨가 어쩌다 깊은 관계가 됐는지는 도무지 모르겠어."

다나카 씨가 고개를 갸웃거렸다. 아키코는 엄마의 명예를 위해서라도 제대로 된 사실을 알고 싶었다.

"가요 씨는 털털한 성격이라 누구한테든 시원시원하게 굴어서 쇼류 씨와도 딱히 수상한 분위기는 아니었어. 오히려 다른 종업원이 쇼류 씨한테 열을 올렸지. 그 여자는 노골적으로 쇼류 씨한테 마음이 있는 티를 냈거든. 결혼한 사람이란 것도 알면서 유혹하더라니까. 그래도 그 여자와는 아무 일도 없었던 걸로 알아."

"그분은 어떻게 되셨어요?"

"나중에 보니 어떤 기술자랑 만나다가 애를 가졌더라고. 눈에 띈 남자라면 누구든 좋았던 여자겠지. 애초에 우리 같은 일을 하던 여자는 말이지, 손님 눈에 들어 결혼하거나, 이건 내가 그랬지. 아니면 시골에 계신 부모님에게 끌려 돌아가거나, 하룻밤 불장난으로 애를 배서 상대에게 책임지라고 달라붙거나, 이 셋 중 하나야. 지금 생각해보면 남편을 찾기 전까지 먹고살려고 일한 셈이지, 뭐. 요즘 여자들은 결혼해서 애를 낳아도 일을 계속하잖아? 그게 여자한테도 아주 중요해진 거지. 그런데 예전에는 진보적인 여자들 말고 우리네 같이 평범한 여자들은 인생 목표가 결혼이었어. 시집갈 나이가 되면 어떻게든 남편감을 구해야 한다고 다들 발을 동동 굴렀어. 그러다가 자칫 사람을 잘못 만나더라도 쉽게 이혼하지도 못했고."

사람을 좋아하게 되면 상대의 배경은 무관하다곤 하지만, 결혼할 수 없는 상대인 줄 알고 연애를 한 엄마는 과연 만족했을까. 심지어 아이까지 생겼다. 임신은 사고였을까, 아니면 기빠할 일이었을까.

“식당에서 일하는 젊은 여자가 많았으니까 다들 남자한테 관심이 아주 많았어. 어떤 손님이 마음에 들면 멋있다고 야단법석인 애도 있었고, 아무 소리 안 하고 자기 혼자 좋아하는 애도 있었어. 다들 누가 누구와 사귄다는 둥 재미로 쑥덕거리곤 했어. 가요 씨도 소문이 있었는데 그 상대가 알고 보니 쇼류 씨였을 줄이야!”

다나카 씨는 여전히 믿지 못하겠다는 듯 크게 말했다.

엄마는 식당 손님인 젊은 목수, 또 국철 차장이라는 사람과 사귄다는 소문이 돌았다고 한다. 다나카 씨도 엄마가 그 사람들과 여름 축제에 간 모습을 본 적 있다고 덧붙였다.

“나도 지금의 남편과 같이 갔었어. 비밀로 하고 사귀는 중이어서 가요 씨를 보고도 말을 걸진 않았어. 목수랑 있을 때 가요 씨는 흰 바탕에 남색 붓꽃무늬가 커다랗게 그려진 유카타를 입고 있었어. 그리고 차장이랑 같이 있을 때는 남색 바탕에 하얀 물떼새무늬의 유카타를 입고 옷깃도 느슨하게 벌렸더라고. 그 사람이 가요 씨보다 한참 연상이었으니까 어른스럽게 보이고 싶었겠지. 유카타가 다르니까 분위기도 달라져서 신기하더라고.”

아키코는 유카타나 기모노를 입은 엄마의 모습을 본 적이 없어서 그런 일이 있었다는 것 자체가 신기했다.

"가요 씨도 마음이 없는 눈치는 아니어서 그 둘 중 한 사람과 결혼할 줄 알았어. 그런데 갑자기 사라졌을 때 두 사람 말고 다른 괜찮은 사람이 생겨서 같이 고향을 떠났을 거라고 생각했지. 그런데 그 사람이 쇼류 씨였다니."

엄마도 원래 두 남자에게 마음이 있었는데 그 후에 아버지와 관계가 깊어졌는지, 아니면 이미 아버지와 사귀던 중에 그 두 남자를 눈가림용으로 썼는지는 모른다. 아무튼 연애라면 촉각을 세우고 지켜봤을 눈치 빠른 동료들도 미처 몰랐던 것이다.

"그 스님에게 다른 여자 소문은 없었나요?"

아키코는 거의 확실한 정보를 얻고서도 주지 스님을 아버지라고 부르지 못했다.

"소문? 후후후."

다나카 씨가 기다렸다는 듯이 웃었다.

"절 신도 중에 요염한 과부가 있었어. 아마 법회가 있던 날일 텐데, 두 사람이 나란히 걸어가는 모습을 보고 다들 둘 사이가 수상하다고 수군거린 적이 있어. 하지만 쇼류 씨한테는 부인이 있었으니까 다들 의심하다가도 그럴 리 없다고 생각했지. 수상한 냄새를 풍기는 여자는 전혀 없었어. 그만큼 쇼류 씨가 성실한 사람이었거든. 뒤를 이을 아들도 있었고. 그런데 참……. 지금 생각해보면 요염한 여자는 쇼류 씨 취향이 아니었던 거지."

다나카 씨는 신이 난 모양이지만 아키코는 자신이 세상을 속인 파렴치한 남녀 사이에서 태어난 듯한 기분이 들었다.

"나도 가요 씨가 떠나고 몇 년인가 지나서 결혼했으니까 뒷일은 잘 몰랐는데, 쇼류 씨가 갑자기 죽었다는 소식을 들었을 때는 깜짝 놀랐어. 괜찮은 사람인데 일찍 세상을 떠나다니 안타까운 일이었지. 그때 가요 씨랑 정분났었다는 소문을 얼핏 들었는데, 어떤 사람이 가요 씨는 다른 사람과 결혼했다고 하더라고. 그러다가 지난번에 아키코 씨 가게에 와서야 가요 씨가 세상을 떠났다는 걸 안 거야. 딸이 있다는 것도. 자기는 아버지가 누군지도 모른다고 하니까 너무 가엾어서 내가 열심히 알아봤지."

다나카 씨가 가슴을 활짝 폈다.

"여러모로 마음 써주셔서 감사하고 죄송해요."

아키코는 아무튼 고개 숙여 인사했다.

"아이고, 됐어. 내가 원래 성격이 이래. 곤란해 보이는 사람을 그냥 두지 못하거든."

환하게 웃는 다나카 씨를 보며, 아키코는 자신이 그렇게 곤란해 보였나 싶어 당황스러웠다. 다나카 씨는 지금은 아들이 절을 물려받았고, 확실하진 않지만 사모님도 아직 정정하게 살아 있을 거라며 절의 위치를 알려주었다. 당연히 그 절에 아버지 묘가 있을 것이다.

엄마 장례식은 도쿄 시민 공제조합을 통해 간소하게 치렀고, 유골은 전철로 세 정거장 가면 있는 아파트형 납골당에 모셨다. 한 칸에 친족 두 사람의 유골을 안치하는 곳으로, 엄마가 아키코에게 말도 없이 사둔 것이다. 엄마가 돌아가신 후에 계약서를 발견하고 깜짝 놀랐다. 영구 관리하는 요금도 완납돼 있었다.

"불쑥 찾아와서 미안해. 내가 마음먹었다 하면 곧바로 행동에 옮겨야 직성이 풀리는 성미라서."

다나카 씨가 자리에서 일어났다.

계단을 느릿느릿 내려가나 싶더니, 밖으로 나가자마자 몸을 살짝 앞으로 기울인 잰걸음으로 순식간에 사라졌다.

다나카 씨의 기백에 눌린 아키코가 의자에 힘없이 앉아 있는데, 타로가 불만스럽게 울며 다가왔다.

"냐옹, 냐아옹."

"미안해. 손님이 오시는 바람에 못 놀아줬네."

서랍에서 고양이 장난감을 꺼내자 타로의 눈빛이 달라졌다. 발라당 누워 앞발을 파닥거리며 잡아채려고 했다. 장난감을 좌우로 흔들어주자 입을 쩍 벌리더니 물려고 했다.

"타로는 힘이 어쩜 이리 세니? 엄마가 졌어."

장난감을 낚아챈 타로는 앞발로 움켜쥐고 끝에 달린 털을 물어뜯었다. 오늘은 기다리고 기다리던 휴일이라 이것도 하고 저것도 해야겠다고 잔뜩 계획했는데, 시작부터 강펀치를 얻어맞아 진이 다 빠졌다.

책장에서 도쿄 23구 중 다마 지구의 지도를 꺼내 다나카 씨가 알려준 절을 찾아보았다. 여기에 아버지 묘가 있고 배다른 오빠가 있고, 어쩌면 오빠들의 어머니도 있을지 모른다. 도쿄 시내의 한 지점이 자신에게 이토록 중요한 곳이 될 줄은 상상도 못했다. 한참이나 절 표시에서 시선을 떼지 못하는데, 타로가 우는 바람에 퍼뜩 정신을 차렸다.

"야오옹."

조금 화가 난 목소리였다.

"미안, 엄마가 잘못했어."

품에 안아주자 타로가 불만스럽게 또 한 번 울었다.

"오늘은 뭐 할까? 타로랑 쭉 같이 있을까?"

아키코가 말을 걸자, 타로는 만족했다는 듯이 꾸웅꾸웅 소리를 내며 커다란 머리를 아키코의 몸에 계속해서 비볐다.

7

"오늘은 이런저런 일이 참 많았네."

아키코가 무릎에 앉힌 타로에게 말을 건 그때, 전화가 울렸다. 집 전화번호를 아는 사람은 몇 없어서 지인들 얼굴을 떠올리며 수화기를 들었더니 시마 씨였다.

"아, 저기 아키코 씨. 죄송해요. 그게, 제가 지금 큰일이……. 아, 그렇게 큰일은 아니지만 그래도 역시 좀 큰일이……."

"왜 그래? 무슨 일인데 그래?"

시마 씨답지 않게 어쩔 줄 모르는 기색이라 아키코는 불안해졌다.

"저기, 그게요. 사실은 아침에 일어나서요, 아침이라고 해도 점심때였는데, 아래층으로 내려가려다가 계단을 잘못 디뎌서 발목을 삐었어요."

"뭐? 괜찮아?"

"병원에는 다녀왔어요. 학창 시절에 워낙 자주 삐어서 그건 괜찮은데, 미끄러지면서 계단 모서리에 엉덩이를 우당탕 찧는 바람에 온통 시퍼렇게 멍이 들었어요. 발목보다 엉덩이가 아파서 서 있지 못하겠어요. 그래서……, 그게……."

"괜찮아, 가게 걱정은 하지 말고 푹 쉬어. 출근할 수 있을 때 연락해주면 돼."

아키코는 제대로 말을 잇지 못하는 시마 씨를 대신해 그렇게 말했다.

"정말 죄송해요. 아키코 씨 혼자 일하시게 해서……."

"가게를 잠깐 쉬어야 한다는 신호일지도 몰라. 시마 씨, 지금까지 제대로 쉬지도 못했잖아. 내가 미안해."

"무, 무슨 말씀이세요. 갑자기 이렇게 돼서 정말 죄송해요. 집에 전화해서 말했더니 엄마도 너무 죄송하다고, 엄마라도 괜찮으면 대신 일하러 오겠다고 하셨어요."

"뭐? 괜찮아. 그렇게까지 안 하셔도 돼. 그러면 내가 죄송하잖아. 이번 기회에 나도 푹 쉴게. 다음 주 월요일부터 다시 문을 열자고. 그때까지 안 나을 것 같으면 또 연락해줘."

"정말 죄송합니다."

시마 씨는 죄송하다는 말을 몇 번이나 반복하고서 전화를 끊었다.

아키코는 얼른 아래층으로 내려가 가게 앞의 안내문을 바꿔 붙였다. 그러자 찻집 아주머니가 잽싸게 눈치채고 나와 안내문을 들여다보았다.

"아니, 이게 무슨 일이야?"

"시마 씨가 다쳐서요. 그래서 당분간 쉬려고요."

"정말이지, 도락으로 하는 장사도 아니면서. 일손이 부족하면 우리 아가씨를 쓰지 그래? 우리 가게에선 커피만 나르면 할 일이 없거든. 외모가 곱상해서 손님을 끌려고 둔 아가씨니까. 나 혼자서도 충분한데 빌려줄까?"

찻집에서 일하는 종업원은 영화배우 사사키 노조미의 언니라고 해도 믿을 만큼 미인이고 성격도 싹싹하다. 그렇지만 유행하는 헤어스타일에 컬러 렌즈를 끼고 인조 속눈썹을 붙인 진한 화장이 아키코의 가게와는 전혀 어울리지 않는다.

"마음 써주셔서 고맙습니다. 그래도 이번 기회에 휴가 삼아 둘 다 쉬려고요."

"휴가는 무슨, 평소에도 맨날 쉬는 거나 마찬가지면서. 아무튼 큰일이네."

아주머니가 혼잣말로 투덜거리더니 찻집으로 돌아갔다.

상점가에 오가는 사람들이 늘었다. 3층 방으로 올라가려는데 젊은 여자들의 대화 소리가 들렸다.

"앗, 여기. 요즘 여기저기 많이 소개되는 가게야. 메뉴는 두 종류뿐인데 되게 맛있대."

"그래? 하지만 메뉴가 두 가지면 두 번 오면 끝이잖아."

"그래도 매일 내용물이 달라진대."

"어쨌든 두 가지만 있는 건 별로다. 다양한 메뉴 중에서 뭘 먹을지 고르는 재미가 없잖아. 패밀리 레스토랑에 가면 얼마나 좋아. 메뉴판을 보기만 해도 기분이 좋아지고."

"음, 뭐. 그것도 그렇다."

아키코는 돌아보지 않고 곧장 방으로 올라갔다.

문을 열자, 모처럼 아키코를 독점하는 날인데 자꾸만 용무를 보러 다니는 아키코가 마음에 들지 않았는지, 타로가 떡 하니 진을 치고 앉아 있었다. 아키코를 보자 구에에엥, 하고 그야말로 불만스럽다는 소리를 냈다.

"정말 미안해. 조금만 더 기다려줄래?"

식재료와 빵을 매입하는 곳에도 일요일까지 쉰다고 연락했다. 사정을 설명하자, 대부분 소수 인원으로 경영하는 곳이어서 "우리 같은 소규모 가게는 사람이 빠지면 일이 안 돌아가니까요"라며 이해해주었다.

찾아와주는 손님에게는 미안한 일이지만 혼자서는 도저히 할 수가 없다. 그렇다고 찻집 종업원이나 시마 씨 어머니의 손을 빌릴 수도 없는 노릇이다.

"이럴 때를 두고 모내기 때는 고양이 손도 빌린다고 하는 건가 봐. 타로, 손 좀 빌려줄래?"

타로가 고개를 갸우뚱하며 아키코를 올려다보았다.

"기다려줘서 고마워. 이리 와."

두 팔을 펼치자 타로가 후다닥 가슴으로 뛰어들었다. 가속도가 붙은 몸무게에 비틀거리면서도 아키코는 타로를 안고 앞발을 쥐었다.

"이 손으로 타로가 뭘 도와줄 수 있을까?

"냥."

타로가 체구에 전혀 어울리지 않게 작고 귀여운 목소리로 울었다. 아키코는 터지려는 웃음을 꾹 참았다.

"뭐든지 다 도와준다고? 고마워라. 진짜 힘들면 도와달라고 할게."

타로는 평소처럼 더없이 행복하다는 표정을 짓고 콧김을 내뿜었다.

오늘부터 나흘을 더 쉰다고 생각하니 아키코는 긴장이 풀렸다. 소프트볼 강호인 고등학교에 추천을 받아 입학할 정도로 운동신경이 좋은 시마 씨가 계단을 잘못 디뎌 엉덩방아를 찧다니 믿기 어려웠다. 노동 시간이 짧으니까 따로 쉬는 날이 없어도 될 거라 가볍게 생각한 자신이 어리석었다고 진심으로 반성했다.

시마 씨는 비록 몸은 피곤하지 않더라도 마음을 쓰느라 정신적으로 지쳤을 것이다. 덩치가 있고 힘도 세니까 조금은 무리해도 괜찮을 거라 여기고 지금까지 너무 기댔다는 생각이 들어 시마 씨에게 사과하고 싶어졌다.

바라지 않았던 휴일 다음 날은 방을 청소하고 가구를 조금 이동해 분위기를 바꿨다. 서랍장을 열어 속옷도 정리했다. 평소 입을 때는 잘 몰랐는데, 새삼스레 살펴보니 이런 걸 어떻게 입었나 싶은 속옷이 잔뜩 나와 기가 막혔다. 마른 빨래를 걷을 때 한 장 한 장 펼쳐놓고 꼼꼼히 정리하진 않아 미처 알아차리지 못했다. 찢어지거나 솔기가 터졌다면 금방 알았겠지만, 어딘지 모르게 후줄근한 것은 그대로 개켜 넣어두었다. 젊었을 때와 달리 이런 자잘한 부분까지 눈이 가지 않는지, 자세히 보니 땀자국이 얼룩져서 버릴 수밖에 없는 것이 많아 놀랐다. 다른 사람이 못 보는 속옷이라도 입는 본인이 깨닫지 못했다니 부끄러웠다.

물기를 잘 흡수하는 천은 적당한 크기로 잘라 청소할 때 쓰고 버리려고 주머니에 넣어두었다. 타로가 헤어볼을 게웠을 때 쓱쓱 닦기 편할 것이다. 화학섬유 소재는 버릴 수밖에 없다. 한 번도 안 입은 슬립도 버리기로 했다. 레이스가 풍성하게 달려 우아하긴 한데 밝은 오렌지색이다. 이런 색 슬립을 왜 샀는지 의아할 정도다. 보너스를 받아 흥분한 채로 속옷 가게에 디스플레이된 것을 보고 예쁘다며 충동적으로 샀던 기억이 났다. 안 입었다지만 속옷을 남에게 줄 수 없고 동네 교회에서 여는 벼룩시장에 내놓을 수도 없거니와, 지금 입기도 꺼려졌다. 그렇게 한 장을 버리기로 결정하자 가속도가 붙어, 서랍장 안에서 나이만 먹어간 속옷들을 쉽게 처분할 수 있었다.

"이건 필요 없고, 이것도 필요 없어."

평소 아키코가 방에서 일하고 있으면 타로는 옆에 달라붙어 손놀림을 쳐다보곤 했다. 그러다가 서랍 속에 들어앉아 일을 방해한다. 오늘도 역시 서랍 속에 들어간 타로를 밖으로 꺼내고 또 들어가면 밖으로 꺼내기를 반복하다 보니, 서랍에 남은 옷들이 놀랄 만큼 적어졌다. 그 대신에 처분할 옷가지가 네 배쯤 나왔다. 블라우스 같은 겉옷이라면 몰라도 속옷은 그냥 버리기 꺼려져서 가위로 원래 모양을 알 수 없게 자르고 쓰레기봉투에 담았더니, 봉투가 두 개나 차고 말았다. 서랍을 매일같이 여닫는데 늘 보던 익숙하고 당연한 옷 중에 필요 없는 것이 이렇게나 많다니 새삼스럽게 놀라웠다. 공간이 여유로워진 서랍을 보니 기분도 후련해졌다.

아키코가 가장 처분하기 어려운 물건은 주방용품이다. 출판사에 다니던 시절에 주방용품 업체에서 받은 것도 있다. 외출해서도 옷가게보다 주방용품 가게를 구경하는 걸 더 좋아했다. 모양 좋은 냄비를 보면 가슴이 두근거릴 정도였다.

싱크대 위 찬장에는 가벼운 주방용품이 가득 찼고, 싱크대 아래 수납장에는 철냄비, 스테인리스냄비, 내열유리냄비, 코팅프라이팬, 질냄비, 중화냄비, 법랑냄비 등 냄비 종류가 들었다. 서랍 안에는 스테인리스, 나무, 플라스틱 소재의 조리도구가 가득 들어 있다. 뒤죽박죽 섞이지 않게 용도별로 구분해 놓았지만, 혼자 사는 사람치고는 양이 확실히 많다. 주방용품을 한참 바라보다가 여기에 손을 대기 시작하면 감당 못할 일이 될 것 같아 얌전히 서랍을 닫았다.

속옷 정리는 끝냈으니, 사흘째 휴일 오후에는 다른 옷가지들도 살펴보았다. 회사를 오래 다닌 탓에 옷장 안에 걸린 옷은 대부분 재킷, 투피스, 블라우스, 셔츠, 바지였다. 회사원인 이상 재킷과 투피스는 필수이므로 그에 맞춰 상의와 하의를 입고 액세서리를 착용했다. 책임 있는 자리에 있는 사람이 싸구려 옷을 입으면 상대방에게 신뢰를 주지 못할 것 같아 투피스는 품질이 괜찮은 것들을 주로 샀다. 맞춤 제작한 옷도 있다. 하지만 지금 아키코에게는 전부 불필요한 옷이다.

아키코는 가게에서 주로 남색이나 검은색의 바지와 하얀 셔츠를 유니폼처럼 입고 그 위에 미색 앞치마를 두른다. 다른 색 옷은 절대 입지 않는다.

겨울에 자주 입었던 진갈색 트위드 투피스도 지금은 옷장만 배불릴 뿐이다. 소재도 고급이고 바느질도 꼼꼼해서 옷걸이에 걸어만 둬도 멋스럽다. 아무리 입을 일이 없더라도 이런 옷을 버리긴 망설여졌다. 그래서 여름옷과 겨울옷 중에 다소 유행에 뒤처진 옷 네 벌만 처분하기로 했다.

블라우스와 셔츠도 건드리지 않고 그냥 두었더니 후줄근

해 보였다. 출판사에 다니던 시절에는 자주 입던 옷들이다. 앞으로 더 입긴 어려울 것 같아 전부 처분하기로 했다. 칙칙해진 옷을 벼룩시장에 보낼 수 없으니, 상의는 전부 쓰레기봉투로 들어갔다. 옷가지 중에 오렌지색 슬립처럼 이걸 대체 왜 샀나 싶은 블라우스도 있었다. 평소에는 프릴이나 장식이 달린 상의는 안 입는데, 파티 같은 일정이 있을 때 입으면 괜찮을 것 같아서 산 나비넥타이가 달린 블라우스다. 광택이 있는 진주색 새틴 소재여서 투피스 안에 맞춰 입으면 고상한 분위기가 나는데, 이상하게 아키코는 이 옷만 입으면 유난히 나이 들어 보였다. 평소에 입는 단순한 투피스와 셔츠에 액세서리 하나만 달면 파티에 가도 무난했다. 그래서 이 기품 넘치는 블라우스가 그 진가를 보일 일은 한 번도 없었다.

"이거 엄마 입을래?"

그래서 엄마에게 보여주고 물어본 적이 있다.

"이 얼굴에 그걸 입으라고?"

엄마가 단칼에 퇴짜를 놓아 그 후로 이 옷은 줄곧 옷장에만 들어 있었다. 사기 전에 가게에서 분명 입어봤는데 왜 굳이 나이 들어 보이는 블라우스를 샀는지 의문이다.

"대체 무슨 생각으로 샀는지 모르겠네."

아키코는 한숨을 쉬며 교회 벼룩시장에 보낼 상자에 블라우스를 넣었다.

숄과 스카프도 잔뜩 나왔다. 단색 옷이 많아 이쪽은 무늬 있는 것들 위주다. 스카프는 몰라도 숄은 거의 쓴 적이 없어서 손도 대지 않은 것도 몇 장이나 있었다. 많이 쓰지 않은 스카프와 함께 숄도 벼룩시장에 보내기로 했다.

아키코는 여자치고 옷이 적은 편인데도 안 입는 옷이 꽤 있었다. 여전히 회사원이었다면 활용할 여지가 있겠지만, 상황이 변했으니 옷장도 달라져야 한다. 극단적으로 말해 가게 문을 닫은 후에는 잠옷만 입고 살아도 충분히 가능한 생활이다. 물론 그럴 수는 없으니 안 입는 평상복 몇 벌을 처분하고 출판사에 다닐 때 사무실에서 입었던 스웨터나 바지를 평상복으로 삼기로 했다.

타로는 품에 안으면 침을 흘리기도 하고, 자기 전에 앞발로 몸을 꾹꾹 누르곤 해서 웬만해선 좋은 옷을 입지 않았다. 타로야 아키코가 얼마짜리 옷을 입든 상관없이 그저 어리광을 부리고 싶을 뿐이니, 좋은 옷을 입어도 원래 입던 티셔츠나 스웨터처럼 금방 해질 것이다.

옷 정리를 마치고 벼룩시장에 보낼 것과 처분할 것을 모아

보니 양이 상당했다. 어느 정도 일을 마치자 피곤이 밀려와 아키코는 원두를 갈아 커피를 내렸다. 바닥에 철퍼덕 주저앉아 두 다리를 쭉 뻗고 커피를 마셨다. 타로는 침대 위에서 꿈나라를 헤매는 중이다.

열어둔 창 너머로 구름 낀 하늘을 올려다보는데, 갑자기 이러고 있는 자신이 신기하게 느껴졌다. 회사에서도 이 시간이면 커피를 마시며 잠깐 한숨 돌렸다. 그때는 회사에 비치된 커피메이커로 끓였으니 지금 마시는 것과는 향도 맛도 다르지만, 지친 몸과 마음에 새로운 힘을 불어넣어 주었다.

아직 회사에 다니는 동료들은 지금쯤 회의를 하거나 부하직원들의 업무를 살피고 있으리라. 그럴싸한 직함을 단 그들도 몇 년 후면 정년을 맞는다. 촉탁직으로 일은 계속할 수 있겠지만, 완전한 현역은 아니다. 지금까지 하던 대로는 일하지 못한다.

그들과 달리 아키코는 가게를 그만두기 전까지 책임감이 따르는 일을 계속할 수 있다. 정년이 따로 없다. 하지만 중년이 되어서야 시작한 초보 장사꾼이 앞으로 몇 년이나 가게를 유지할 수 있을까. 겨우 옷 정리 좀 했다고 이렇게 녹초가 됐는데, 앞으로 가게를 잘 꾸려나갈 수 있을까. 종업원이 다쳐서 일손이 부족하다는 핑계로 쉽게 가게를 쉬어도 괜찮은 걸까. 손님을 무시하고 너무 자기 편한 대로만 하는 건 아닌가 싶은 고민들이 꼬리에 꼬리를 물었다.

"너는 하여간에 너무 진지해. 사람은 말이야, 어디든 바람 빠질 데가 있어야 해. 안 그러면 숨통이 막힌다고."

기가 찬 표정으로 말하던 엄마가 떠올랐다. 그때는 '엄마 같은 사람을 보며 자라서 이렇게 진지한 성격이 된 겁니다'라고 대놓고 말하지는 못하고 속으로 반론하고 말았지만, 이 나이쯤 되니 엄마 말이 옳았다는 생각이 들었다. 하지만 사람 성격은 쉽게 고칠 수 없으니 이 성격에 맞춰 사는 수밖에 없다. 그때 침대에서 자고 있던 타로가 부스스 고개를 들었다. 잠에 취해 눈을 껌벅거린다.

"타로, 걱정하지 말고 푹 자. 엄마 여기 있어."

타로는 코를 벌름거리며 잠깐 있더니 그대로 다시 잠들었다. 기분이 가라앉을 때면 언제나 타로가 위로해주었다. 타로가 있어주기만 해도 아키코는 힘이 난다.

집에만 있으니 쓸데없는 생각이 많아진다. 휴일 나흘째, 아키코는 기분 전환 겸 커튼을 사러 나가려고 유행에 뒤처진 옷 중에서 입을 만한 것을 골랐다.

"쇼핑하고 올게. 금방 올 거야."

타로는 불만스러운 표정을 지었다. 나가면서 어쩌고 있는지 보자 심통이 나서 침대에 누워 있었다.

전철에 사람이 별로 없었다. 터미널 역에서 지하철을 갈아탔는데, 아키코 옆에 곱게 차려입은 나이 든 여자 둘이 앉았다. 지금부터 공연이라도 보러 가는지, 베테랑 배우 얘기를 즐겁게 나누었다. 극장이 있는 역은 아키코가 가려는 인테리어 숍이 있는 역보다 세 정거장을 더 가야 한다. 극장이 있는 역에서 다섯 정거장을 더 가면 이복오빠가 사는 절이 있는 역이다. 아키코는 자신이 그곳에 발을 들여선 안 될 것 같았다. 몰랐을 때야 무심히 그 역에 내려 근처 음식점에서 식사도 했지만, 진실을 알아버린 지금은 특별한 장소가 되었다.

가도 될까? 아버지는 벌써 돌아가셨고, 만에 하나 엄청난 우연으로 이복오빠와 마주치더라도 그쪽이 아키코를 알아볼 리 없다. 열심히 생각하다가 인테리어 숍이 있는 역에서 내리지 못했고, 어느새 옆에 앉은 여자 둘도 보이지 않았다. 전철은 아키코의 특별한 장소를 향해 달리고 있었다.

이 역에 이렇게 긴장하고 내리기는 처음이었다. 오래되고 잘 알려진 음식점이 많은 이 역은 항상 붐빈다. 부부나 친구끼리 놀러 온 중년뿐만 아니라 젊은 사람도 많았는데, 다들 근교 여행이라도 온 듯 즐거워 보였다. 그들은 아키코가 묵직한 긴장감을 마음속에 품은 채 걷고 있다는 걸 모를 것이다.

아키코는 마음을 진정시키려고 역 근처에 있는 오래된 전통 과자점을 구경했다. 가게 앞 진열장에는 계절 한정의 정교한 화과자가 진열되어 있었는데, 자세히 보니 잘 만든 모형이었다. 진짜 과자를 하루 종일 진열해두면 변질될 테니 음식 재료를 조금이라도 아끼려는 의도이거나 모형으로 광고를 해도 괜찮다는 자신감일지도 모른다. 가게는 버스를 타고 온 단체 관광객으로 북적였고, 상자에 담긴 화과자는 날개 돋친 듯 팔렸다.

전통 과자점 옆에는 전에 왔을 때 없던 소품 가게가 있었다. 천으로 만든 주머니, 주머니와 세트인 거울, 머리끈 등 여자들이 좋아할 소품이 가득했다. 아키코도 흥미롭게 구경했지만 마음이 다른 데 가 있다는 것을 본인이 제일 잘 알았다.

'어쩌지. 연락해서 따로 약속을 잡고 만나자는 것도 아니니까. 그냥 앞을 지나가는 것쯤 괜찮잖아?'

심장이 쿵쾅쿵쾅 뛰었다.

일단 진정하려고 근처에 있는 오래된 찻집에 들어갔다. 문

옆의 소형 진열장에는 다리 달린 삼각뿔 모양의 유리 용기에 원두를 채운 장식물이 있었다. 어린 시절에 찻집 어딜 가도 있었던 찻집을 상징하는 장식물이다.

1층이 금연석, 2층이 흡연석인데 뻥 뚫린 구조여서 위에서 얘기하는 남자들의 목소리가 들렸고, 희뿌연 담배 연기가 내려왔다. 담배 연기를 피해 가게 구석에 앉자, 나이 든 남자가 주문을 받으러 왔다. 커피를 주문하자, 잠시 후 전동 커피 그라인더가 돌아가는 소리가 들렸다. 원두를 바로 갈아서 만드는 것 같았다. 커피 원액을 물로 희석해서 전자레인지로 데워 파는 가게도 있다고 들었는데, 이 찻집은 사람 입에 들어가는 먹거리를 정성 들여 만든다는 확고한 철학이 있는 듯했다.

2층에 있는 손님은 가게를 경영하는 사장님들인지, 서로 장사가 안 된다며 한탄하는 소리가 들렸다.

"안 그래도 불경기인데 엔고 현상까지 겹쳐서 아주 죽겠어."

"우리도 마찬가지야."

"자네는 세놓은 집이 있잖아."

"다 쓰러져가는 집인데 무슨 소리야. 창고에 도배질한 수준이지."

상대방보다 자기 사정이 더 딱하다고 이러쿵저러쿵 불평을 늘어놓는데 마치 불행을 자랑하는 것 같았다. 그래도 마지막은 이렇게 끝이났다.

"뭐, 착실하게 일하는 수밖에 없지"

"그럼, 그거 말고 다른 수가 있나."

둘 다 대대손손 도쿄에 사는 토박이인지, 불평을 하면서도 주눅 들거나 궁상맞지 않아 좋은 얘기가 아닌데도 비참하지 않았다. 오히려 "거참, 이러다 죽겠어"라는 말투가 유머러스해서, 아키코는 자칫 소리 내어 웃을 뻔했다.

하얀 커피잔에 찰랑찰랑 담겨 나온 커피 곁에는 각설탕 두 개가 곁들여 있었다.

"어머, 옛날 생각이 나네."

아키코가 무심코 반응하자, 주문을 받으러 왔던 나이 든 남자가 말했다.

"예전부터 이렇게 해왔습니다. 한번은 설탕을 단지에 넣어 제공했더니, 예전부터 찾아주시는 단골손님 중에 각설탕은 왜 없냐, 각설탕을 스푼에 얹고 커피에 천천히 담그면 아래에서부터 커피가 배어 하얀 설탕이 갈색으로 변하다가 사르르 무너지는 걸 보는 게 좋았다며 화를 내시는 분이 있었어요. 설탕

하나쯤은 아무래도 괜찮을 줄 알았는데, 그런 작은 것 하나하나가 모여 이 가게를 이룬다는 것을 깨달았습니다. 그 이후로 반성하는 마음을 담아 이렇게 냅니다."

그는 빠르게 말하고 하하 웃더니 "그럼 천천히 드세요" 하고 고개를 살짝 숙였다. 낡은 데다 예쁘장한 여종업원이 없어도 편안한 느낌이 드는 곳이 있다. 아키코는 커피를 마시며 마음을 차분히 가라앉혔다.

8

찻집에서 나왔더니 그 잠깐 사이에 오가는 사람들이 훨씬 늘었다. 아무래도 음식점에 관심이 가는 아키코는 길을 걷다가도 자연스레 가게 안을 들여다보게 된다. 누구나 편하게 드나들 수 있는 분위기를 내려고 전면 유리창으로 인테리어를 한 패밀리 레스토랑부터 일반 가정집 같은 메밀국수 가게와 우동 가게, 중식, 양식, 토속 요리, 이탈리안 음식점, 거기에 전통 디저트 가게와 케이크 전문점까지. 가정집 같은 식당 옆에 젊은 층이 선호할 인테리어를 해놓은 카페도 있었다. 통일감 없이 복작복작한 느낌이 재미있다. 그리고 전쟁이 끝난 직후부터 영업했을 법해 보이는 옛날식 식당도 있었다. 아키코가 흔적도 남기지 않고 수리한 엄마 식당과 비슷했다.

나무 창틀로 된 유리창 너머로 안을 들여다보니 식사 중인 손님들이 있었는데, 옷차림으로 보아 이 동네 사람들 같았다. 카운터 안에는 머리에 하얀색 수건을 두른 초로의 여자와 중년 여자, 이렇게 두 명이 손님들과 즐겁게 한담을 나누며 조리 중이었다. 가게 구석에는 텔레비전도 있었다. 마치 자기 집 안방인 양 다리 하나를 세우고 의자 등받이에 기대앉아 이쑤시개로 이를 쑤시며 화면을 응시하는 아저씨가 보였다. 예의를 차리지 않아도 되는 소탈한 동네 아줌마의 식당인 것이다.

아키코는 엄마 식당에 대한 그리움보다도 이런 곳을 원하는 사람들의, 조금 과장해서 표현하면 삶에 활력을 불어넣어 준 장소를 무너뜨린 죄책감을 느꼈다.

카운터 안에서 일하는 여자들과는 한 번도 눈이 마주치지 않았다. 그들은 누가 안을 들여다보거나 말거나, 그 사람이 안으로 들어오거나 말거나 상관없이 남자 손님들과 손짓 발짓 섞어가며 수다를 떨고 웃었다. 앞에 앉은 단골손님들에게 음식을 제공하고 흥겹게 대화를 나누면 그만인 것이다. 손님이 불평을 하면 들어주고, 우울해하면 격려해주고, 좋은 일이 생기면 같이 기뻐해주는 것이다. 아키코는 마음이 복잡해져서 슬그머니 자리를 떴다.

규모가 큰 상점가를 빠져나오자 오가는 사람들이 조금 줄어들었다. 아파트와 아담한 조립식 주택 사이에 지금까지 잘도 살아남았다 싶은 작은 목조 이층집과 단층집이 있었다. 단층집 앞에는 알록달록하게 꽃이 핀 앙증맞은 화분들이 잔뜩 놓여 있었다. 마음에 드는 대로 하나둘 사다가 이렇게 늘어났을까. 책장으로 썼을 법한 선반을 현관 옆에 내놓고 화분 진열장으로 쓰고 있었다. 그래도 자리가 없는 작은 화분들이 집의 구역이 어디까지인지 주변에 과시라도 하듯 죽 놓여 있었다.

아키코가 크레파스로 칠한 것처럼 새빨갛고 샛노란 꽃을 구경하고 있는데, 미닫이식 현관문이 드르륵 열렸다. 유카타를 리폼한 원피스 위에 밝은 빨간색 카디건을 걸친 나이 많은 여자가 안에서 나왔다.

“깜짝 놀랐네. 아이고, 실례했어요.”

여자가 싱긋 웃으며 인사했다. 까맣게 염색한 머리를 흐트러지지 않게 묶은 모습에서 평범한 가정주부가 아님을 한눈에 짐작했다.

“저야말로 집 앞에 허락도 없이 서 있어서 죄송해요. 꽃이 많이 피어 있어서 저도 모르게.”

"그렇지? 너무 많아서 나도 지긋지긋해. 눈에 띄는 대로 샀더니 이렇게 됐다니까. 적당히 사면 될 텐데 귀여운 게 보이면 또 사게 돼. 화분이 크면 들고 오기 힘드니까 그냥 포기하는데 꽃집에서도 그걸 아는지 작고 예쁘장하게 만들잖아. 이렇게 아기자기한 화분이면 장바구니에도 쏙 들어가. 그게 문제라니까. 더 둘 곳은 없는데 그렇다고 버릴 수도 없어서, 놓을 만한 곳을 마련하다 보니 이렇게 됐네."

"가지고 가는 사람은 없나요?"

"있지. 그런데 반대로 두고 가는 사람도 있어."

"두고 가는 사람이요?"

"응. 이 동네에는 노인네가 많이 사니까, 집을 팔고 간병인 딸린 시설에 가는 사람도 많거든. 자식들이 짐을 정리하면서 자기들은 필요 없으니까 화분을 몰래 두고 가. 받아달라고 했다가 내가 거절하면 민망하니까 그런 거겠지. 저 옆에 만년청 있지? 건너편 골목에 새로 지은 집이 있는데, 저건 거기 살던 사람의 자식들이 두고 간 게 틀림없어. 전 주인이 살 적에 그 집 마당에 만년청이 있는 걸 내가 봤거든. 그게 우리 집에 있어서 내가 얼마나 놀랐는지 몰라. 만년청이 혼자 걸어온 줄 알았다니까."

여자는 쉬지도 않고 재잘재잘 말하더니 아키코에게 물었다.

"당신, 꽃을 좋아하나 보네. 가지고 갈래? 가지고 갈 거지? 가지고 간다고?"

이어서 여자는 '가지고 가다'를 활용해 일방적으로 밀어붙이더니, 아키코가 얼떨떨해 하는 사이에 집 안에서 작은 쇼핑백을 들고 나와 화분을 고르기 시작했다.

"어디 보자, 뭐가 좋을까."

뭐가 마음에 드는지 아키코의 의견을 일절 묻지 않는 점에서도 굳건하게 살아온 인생이 엿보였다.

"이거, 이거 좋네. 응? 이거 좋지? 이게 좋겠어."

여자가 빨갛고 노란 꽃이 핀 프리뮬러 화분을 들고 동의를 구해 아키코는 고개를 끄덕였다.

"잘됐네, 잘됐어."

여자가 웃으며 화분 두 개를 쇼핑백에 담아 건네주었다.

"이것도 다 인연이니까 가지고 가."

"죄송해서 어떡해요. 그냥 보기만 한 건데."

"아이고, 됐어. 솔직히 나도 처치 곤란이니까. 하지만 화분이 이렇게 많아도 주기 싫은 사람한테는 절대 안 줘. 이 근처에 사시나?"

"아니요."

"이를 어째, 짐을 늘려서 미안하네. 그래도 꽃이니까 괜찮지?"

"괜찮아요."

"그럼, 나는 이만 가볼게."

여자는 싱긋 웃으며 문단속도 안 하고 상점가 쪽으로 걸어갔다. 예상하지 못했던 일에 아키코는 당황했지만 웃으면서 화분이 든 쇼핑백을 들고 걸음을 옮겼다.

지도에서 딱 한 번 봤는데 절이 있는 장소를 기억하고 있었다. 원래 길치는 아니라서 어떤 정신적인 이끌림이라거나 인연이라고 여기지는 않았다. 미리 조사한 길을 그저 걸을 뿐이다. 작은 공원에서 치와와를 데리고 나온 20대 초반의 젊은 부부가 어린 아들과 놀고 있었다. 부부 둘 다 시부야에서 흔히 볼 법한 스타일로 귀에 피어싱을 잔뜩 했다. 어린 아들의 머리도 노랗게 염색했고, 치와와에게도 분홍색 리본을 달아주었다. 아들을 교대로 안으며 뺨을 비비고 말을 거는 부모의 모습에서 자식을 얼마나 사랑하는지 알 수 있었다. 치와와가 자기도 귀여워해달라는 듯 뒷발로 서서 끙끙거렸다.

"알았어, 알았어. 모모도 안아줄게."

젊은 아빠가 웃으며 치와와를 안아 들었다. 저렇게 어린데도 넷이 가족을 이루어 살고 있다. 아키코는, 엄마와 자신은 저런 풍경과는 인연이 없었다고 생각하며 그들을 바라보았다.

아버지는 여러 문제가 있는 입장이어서 아키코를 자식으로 인정하진 않았지만, 그 대가로 금전적으로는 그럭저럭 보상을 해주었다. 엄마는 아버지를 나쁘게 말한 적도, 불평을 한 적도 없었다.

아키코 역시 부모라면 엄마밖에 모른다. 만약 어려서 아버지와 만난 적이 있다면 다른 마음이 생겼을지 모르지만, 아예 접점이 없었으므로 아버지와 자신의 관계는 상상할 수조차 없다. 하지만 일반적인 가족이란, 자식이 생기면 저렇게 품에 안고 같이 놀아주는 법이다.

아버지는 그럴 수도 없었고 엄마도 아마 원하지 않았을 것이다. 본처에게는 아들만 둘이라고 했으니 외동딸인 자신을 틀림없이 귀여워했을 거라 상상하다가, 아키코는 저 좋을 대로 생각하면 안 된다며 황급히 그 생각을 지웠다. 아버지에게 딸을 향한 애정이 있었을지는 알 도리가 없다. 그저 아키코가 그랬으면 좋겠다고 기대할 뿐이다. 나이를 먹을 대로 먹은 지금에 와서 이러면 좋겠다, 저러면 좋겠다고 생각해도 아무 소용없는 일인데, 그러고 있는 자신이 조금 한심했다.

아버지의 심정이 어땠을지 모르지만, 아버지는 딸인 자신과 만나려고 하지 않았고 연락도 끊었다. 엄마와도 두 번 다시 만나지 않았다. 그러다가 아버지가 세상을 떠나 영원히 이별했다. 허무하지만 이렇게 된 게 차라리 다행이다. 만약 관계가 들켜 문제가 생겼다면 대소동이 벌어졌을 테니까. 아버지는 몰래 애인을 뒀고, 다행히 들키지 않고 행복한 인생을 마감했을 뿐이다.

놀고 있던 아이가 칭얼대기 시작했다.

"배가 고픈 거 아니야?"

"그런가? 그럼 늘 가던 거기 가자."

엄마가 아들을 안고, 아빠는 치와와의 목줄을 끌고 공원에서 나갔다. 그 젊은 부부는 아키코 쪽으로 눈길 한 번 주지 않았다.

공원을 지나자 낮에는 문을 닫는 선술집과 바, 단란주점이 모여 있는 건물 앞에 막 잠에서 깼는지 아니면 잠이 오는지 뚱한 표정을 지은 고양이 무리가 웅크리고 있었다. 평소처럼 "안녕" 하고 차례차례 말을 걸자 다섯 마리 중 세 마리가 "야옹" 하고 대답해주었다. 다른 두 마리는 졸음을 못 견디겠는지 눈만 껌벅거리고 대답이 없었다. 아키코가 앉아서 머리를 쓰다듬어도 얌전했는데, 다섯 마리 중 가장 체구가 큰 연갈색 고양이는 '잘 부탁합니다'라고 하듯이 옆으로 누워서는 아키코에게 배를 쓰다듬어달라고 요구하는 것 같았다.

"네, 얼마든지요."

타로에게 해주듯이 배를 살살 문질러주었다.

"아르르릉, 아르르르응."

고양이 몸에서 엄청난 소리가 났다.

'타로보다 반응이 훨씬 강렬하네.'

아키코는 웃음을 꾹 참았다.

"야옹 씨, 어쩜 이리 귀여워요."

말을 걸며 쓰다듬다가 문득 옆을 보니, 조금 전까지는 안 보였던 새까만 고양이가 와 있었다. 아키코 옆에 앉아 배 마사지를 받는 친구를 물끄러미 쳐다보았다.

"너도 해줄까?"

그러고는 등을 쓰다듬어주려고 했더니 후다닥 도망쳤다.

"관심은 있지만 해달라는 것까진 아니구나?"

아키코는 한참 고양이와 논 뒤, "또 보자" 하고 손을 흔들면서 걸음을 옮겼다. 어느 정도 걷다가 뒤를 돌아보니 젊은 커플도 그 자리에 앉아 사진을 찍으며 고양이 무리와 놀고 있었다.

아키코는 마음을 가라앉히려고 일부러 천천히 걸었다. 한 할아버지가 아마도 다리가 불편할 노견을 담요와 수건을 겹쳐 쌓은 유모차에 앉히고 산책하고 있었다.

"오늘 날씨가 좋아서 다행이구나."

할아버지가 말을 걸자 노견은 뒤에 선 할아버지를 돌아보고 꼬리를 흔들었다.

'정말 그래요.'

이렇게 대답이라도 하는 걸까? 말이 안 통하더라도 할아버지와 개 사이에 오가는 깊은 감정 교류를 느낄 수 있었다. 아버지와 나 사이에는 통하는 게 없었다고, 아키코는 가만히 생각했다. 유일하게 남은 것이라곤 아버지 글씨가 적힌 종잇조각 하나뿐이니 통하고 말고 할 것도 없다.

엄마는 아버지 사진을 잃어버렸다고 했는데, 어쩌면 일부러 버렸을지도 모른다. 아버지가 살아 계셨다면 딸과 만나게 해줄 의향이 있었을지도 모르지만, 돌아가셨으니 소망을 이룰 길이 없어 아버지와 관계를 아예 끊을 셈으로 사진을 버린 건 아닐까? 서류라면 꼼꼼하게 보관하는 엄마가 소중히 아꼈을 사진을 언제 버렸는지도 모르고 잃어버리다니, 아무리 생각해도 이해할 수 없었다. 그래봤자 어느 쪽이든 다 아키코의 추측일 뿐이다.

절이 가까워지자 아키코의 심장이 바쁘게 뛰었다. 나이를 먹은 탓에 조금만 걸어도 심장에 무리가 가는 것이라고 자조적으로 웃으며 절의 울타리를 따라 걸었는데, 곧 정문이 나왔다. 정문이라지만 규모가 작았고 절 이름이 새겨진 기둥도 크지 않았다. 대지가 넓은 큰 절과 달리 아주 아담한 절이었다. 이렇게 규모는 작아도 경내가 깨끗했다. 그래서 주위를 압도하는 장엄함은 없어도 누구든 편하게 들어설 수 있는 분위기였다.

안에 들어갈 용기가 없어서 문 앞을 이리저리 서성이는데, 어린아이 목소리가 들렸다.

"할아버지, 이쪽이에요, 이쪽."

'할아버지라고?'

소리가 들린 쪽을 돌아보니, 서너 살쯤 되어 보이는 남자아이가 가벼운 여름옷에 조리를 신고 뛰어왔다.

"오냐, 지금 가마."

느긋한 목소리가 들리고, 작업복을 입은 키가 큰 초로의 남자가 나타났다. 순간 아키코의 몸이 저절로 굳었다.

'아버지!'

그러나 곧 아버지일 리가 없음을 깨닫고, 잠깐이라도 안절부절못한 자신이 한심했다. 아버지는 엄마보다 서른 살이나 나이가 많았고 무엇보다 벌써 돌아가셨으니 말이다. 아키코는 숨을 길게 내쉬고, 우연히 앞을 지나가는 사람인 척하면서 문기둥 뒤에 몸을 숨겼다.

"할아버지, 여기 벌레가 있었어."

"음, 그랬구나. 어떤 벌레었니?"

"이름은 모르겠는데 녹색이고, 여기에 이렇게 길게 수염이 났어."

"그건 더듬이란다."

"더듬이?"

"그래, 벌레 머리에 나는 거야. 도감을 찾아보면 나올 거다."

"응, 나중에 찾아볼게."

즐겁게 재잘거리는 목소리가 들렸다. 아키코는 울타리 너머로 그들의 대화를 들으며, 대체 여기까지 뭐 하러 왔는지 자기 자신에게 물었다. 그때였다.

"안녕하세요."

다정다감한 목소리가 들리고, 기품 있어 보이는 초로의 여자가 고개를 내밀었다. 여자 역시 작업복을 입은 걸 보니 절의 관계자임이 분명해 보였다.

'으악.'

당황한 아키코는 문 안쪽 바로 앞에 놓여 있는 커다란 엔젤스 트럼펫 화분을 가리키고 순간적으로 둘러댔다.

"꽃이 정말 예쁘네요."

"신도님께 받은 화분이에요. 이 꽃은 독성이 있어서요, 댁에서 강아지를 키우기 시작했는데 놀다가 물기라도 하면 큰일이라고 여기로 가져오셨어요. 그런데 이렇게 예쁘게 꽃이 피었네요."

가만히 듣고 있으면 마음이 편해지는 점잖은 목소리와 말투였다. 아키코가 그 여자와 대화하는 모습을 보고 할아버지라고 불린 남자가 다가왔다. 아키코의 심장이 밖으로 튀어나올 것처럼 세차게 뛰었다.

"안녕하세요?"

"아, 안녕하세요."

아키코가 허둥지둥 고개를 숙였다.

"있죠, 엔젤주…… 어라? 엔젤스? 엔젤쥬…… 음, 엔, 젤, 스, 트럼펫, 이름 참 어렵네. 꽃이 예쁘다고 칭찬해주셨어요."

여자가 발음이 참 어렵다고 말하며 남자를 보았다.

"그랬군요. 그거 감사합니다. 절 마당이 넓진 않지만 괜찮으시다면 구경하세요."

권하기까지 하는데 그냥 갈 수도 없고 어떡하나 싶을 때, 등 뒤에서 "이야, 안녕하세요?" 하고 기운 넘치는 남자의 목소리가 들렸다. 주변에서 웬만해선 들을 일이 없는 아랫배부터 울리는 굵직한 목소리였다. 돌아보니 정원사였다.

"지난번에는 고생 많으셨습니다."

절의 남자가 정중히 인사했다.

"고생은요. 류 씨네 마당은 소홀히 하면 안 되니 열심히 하고 있습니다."

"다른 댁은 소홀히 하신다는 말씀은 아니죠?"

"음, 가끔은 그럴지도 모르죠. 하하. 또 들르겠습니다. 이만 갑니다."

정원사는 제자로 보이는 청년 둘을 데리고 주택가 쪽으로 걸어갔다.

'류 씨라고 했어. 다나카 씨가 말했던 쇼류라는 이름과 연관이 있는 것 같은데. 이 사람이 오빠일까, 그리고 이 기품 있는 여자는 그의 부인일까.'

"자, 사양 마시고 들어오세요."

아키코의 속마음을 알 리 없는 그들은 경내로 들어오라고 재차 권했다. 마당에는 소나무, 벚나무, 철쭉나무, 동백나무가 있고 화단에는 국화도 피어 있었다.

"맞은편 화단에는 튤립이 꽃을 피웠어요. 장미도 있고요. 알뿌리를 선물 받곤 해서 동서양 꽃이 다 있답니다. 절이라고 꼭 동양 꽃만 있는 건 아니에요. 어떤 꽃이든 예쁘게 피어주면 고맙죠. 이끼도 잘 보면 귀여워요. 제가 돋보기를 들고 바닥에 앉아 보고 있으면, 이 사람이 '누가 볼지 모르니까 그러지 좀 말아요'라며 화를 낸다니까요."

여자가 작업복 차림의 남자를 힐끔거렸다.

"화를 낸 건 아니지. 그저 자세에 조금만 신경을 쓰면 좋겠다고 주의를 줬을 뿐이요."

"미안해라. 앞으로 주의할게요."

"음, 부탁해요."

아키코에게 할아버지를 빼앗겨 불만인지, 남자아이가 다리를 떡 벌리고 서서 큰 소리로 외쳤다.

"할아버지!"

"오냐, 알았다. 소리 지를 것까진 없잖니."

그는 천천히 둘러보라며 인사를 남기고, 남자아이의 손을 잡고 절 안으로 들어갔다.

“저분이 부군이신가 봐요?”

“네, 이 절의 주지이기도 해요.”

“그럼 부인도 절에서 자라셨어요?”

“아니에요. 저는 평범한 회사원 가정의 딸이랍니다. 같은 대학에서 만났어요. 저는 프랑스로 유학 갈 예정이었는데 이렇게 됐네요, 호호.”

부인은 이 절이 규모는 작아도 대대로 이어져 내려와 이 근방 사람들의 사랑을 받는 곳이라고 알려주었다.

“팔이 안으로 굽는다고 생각하실지 모르겠지만, 이전 주지 스님이자 제 시아버지는 쇼류 씨라고 불리셨는데 정말 훌륭한 분이셨어요. 아무것도 모르는 저를 며느리로 맞아주시고, 시어머님과 함께 따뜻하게 대해주셨어요. 갑자기 돌아가셨을 때는 마음이 많이 아팠지만 신도님들 덕분에 어떻게든 절을 꾸리고 있답니다.”

부인이 후, 하고 가볍게 숨을 내쉬었다. 그 훌륭한 주지 스님이 남몰래 바람을 피운 결과물이 아키코 자신이라고 생각하자 심장이 또다시 빠르게 뛰었다.

마당을 둘러보고, 부인이 권하는 대로 본존 앞에서 합장한 뒤, 아키코는 차까지 얻어 마셨다.

"갑자기 찾아와서 염치도 없이 대접을 받다니 죄송해요."

아키코가 미안해하며 말하자 부인은 손사래를 쳤다.

"무슨 말씀이세요. 절은 언제나 모든 분께 열려 있는 곳이랍니다. 이렇게 인연을 맺었으니 앞으로도 종종 찾아와주세요."

그러고는 안쪽을 향해 외쳤다.

"이만 돌아가신대요."

그러자 아마도 아키코의 이복오빠일 주지가 나와 합장했다.

"이렇게 인연을 맺어 감사할 따름입니다. 또 들러주세요."

아키코는 절대 입 밖에 내선 안 될 말, '제가 당신의 여동생이에요'라는 말을 가슴 저 깊은 곳에 묻었다.

"신세를 많이 졌습니다. 친절하게 대해주셔서 감사해요."

대신 이렇게 인사를 남기고 절을 떠났다.

절에서 보낸 시간이 꿈만 같았다. 전철을 타고 돌아오는 내내 아키코는 주지의 얼굴을 떠올리며 무심결에 자신과 닮은 점이 있는지 찾고 있었다. 그래봤자 아무 의미 없는 줄 알면서도. 아버지 뒤를 이어 주지가 되었다면 그 사람이 큰오빠일 것이다. 어떤 이유가 있어 둘째가 물려받았을 가능성도 있지만,

처음 만난 사이에 시시콜콜 캐물을 순 없는 노릇이다. 오빠와 닮은 곳이 있는지 찾아서 뭘 어쩌자는 것인지. 그 사람이 이복 오빠라고 확신하더라도 앞으로 아키코에게 미칠 영향은 전혀 없다. 오빠에게는 오빠의 삶이, 아키코에게는 아키코의 삶이 있다.

그러나 우연히 지나가는 사람인 척하고 들어간 절에서 예상하지 못한 따뜻함을 느꼈다. 그 주지 스님이 진짜 오빠라면 잘 지낼 수 있을 것 같았고, 부인도 무척 훌륭해 보였다. 지금까지는 불안하거나 힘에 부친 일이 있어도 혼자 해결했지만, 그 사람들이라면 솔직하게 고민을 털어놓을 수 있을 것 같았다. 그렇다고 '내가 당신 여동생'이라고 대놓고 밝힐 수는 없었다.

만약 그들이 정말로 아무것도 모른다면 어마어마한 충격을 받을 것이다. 존경하던 아버지를 향한 믿음이 흔들릴 수도 있다. 그들은 평온하게 잘 지내고 있다. 또 자신 역시 사소한 고민은 있어도 그럭저럭 잘 살고 있다. 50년 넘게 모르고 살았는데, 지금 와서 괜한 파란을 일으킬 필요는 없다.

게다가 아버지가 인정하지 않았으니 동생이라고 제시할 명확한 증거가 없다. 아버지와 같이 찍은 사진도 없고, 남은 것이라고는 아버지 필적이 적힌 낡은 종잇조각 하나인데 그걸로 뭘 어쩌겠는가.

엄마와 다나카 씨에게 들은 이야기는 일치했지만, 어쩌면 엄마의 착각일 수도 있다. 딸로서 썩 기분 좋은 얘기는 아니지만, 엄마가 사귀던 여러 남자 중에 다른 누군가가 아버지일지도 모른다. 엄마에게 호감을 품어 데이트까지 했다는 목수나 국철 차장이 아버지일 수도 있는 것이다. 엄마가 주지인 쇼류 씨를 아이 아버지라고 단순히 착각했을 가능성도 분명 있다. 임신 중에 엄마를 돌봐줬다는 여자는 쇼류 씨의 애인이 틀림없겠지만, 그렇다고 아키코의 아버지가 쇼류 씨라고 확신할 만한 요소는 아무것도 없다.

'아무런 증거도 없는데 경솔하게 떠벌릴 일은 아니야.'

아키코는 흔들리는 전철을 타고 오면서, 오늘은 그냥 그 동네 절에서 즐거운 한때를 보냈다고 생각하자고 선물 받은 꽃 화분을 쳐다보며 마음을 가다듬었다. 쓸쓸하지만 오빠 부부의 인품을 확인해 마음은 훈훈해졌다.

전철에서 내려 휴대폰을 보니, 시마 씨에게 가게에 출근할 수 있다는 문자가 와 있었다.

"시마 씨, 정말 괜찮겠어?"

곧바로 전화를 걸었다.

"죄송해요. 저 때문에 가게도 못 여시고."

시마 씨가 또 미안해했다.

"괜찮다니까. 나도 휴가를 내고 푹 쉬었으니까. 역시 쉬어줘야 일할 기운도 생기는 법이야. 그럼, 무리하지 말고 내일부터 잘 부탁해."

통화하면서 고개를 연신 조아릴 시마 씨의 모습이 눈에 선했다. 매일 정해진 일에만 몰두하며 살았는데, 이번 휴가 덕분에 일로 꽉 찼던 머릿속이 자신의 일로 바뀐 것이 신선했다.

식재료 반입은 육체노동이다 보니 평소 아침에는 조금 부담스러웠는데, 이제는 어떤 먹거리와 만날지 기대감이 생겼다. 출생이나 가족에 관한 무거운 주제에 짓눌린 하루였지만 집으로 돌아가는 발걸음은 가벼웠다.

저녁때가 되어 상점가에 오가는 사람이 늘었다. 젊은 사람들이 길거리에 둥그렇게 모여 대화를 나누고 있었다.

타로는 곤히 잠이 들었는지 아키코가 돌아와도 깨지 않았다. 아키코는 세면대에서 손을 씻으며 거울에 비친 자신의 얼굴을 차분히 뜯어보았다. 고개를 오른쪽으로, 왼쪽으로 돌리고 앞머리도 걷어 올렸다.

"머리를 밀면 어떻게 보이려나?"

중머리인 오빠와 닮은 것 같기도 하고 전혀 다른 것 같기도 했다. 잠시 자기 얼굴을 뜯어본 아키코는 두 손으로 뺨을 탁탁 쳤다. 그리고 길게 숨을 내쉰 후, 거울에 비친 자신을 향해 생긋 웃었다.

9

시마 씨는 자기 때문에 가게를 쉬게 해 죄송하다고 몇 번이나 사과했다. 그러면서 계단에서 엉덩방아를 찧는 바람에 아직도 멍이 남았다고 한숨을 쉬었다.

"멍이 엄청나요. 지금까지 몸이 안 좋을 때도 근성으로 버텼는데 이건 잘 안 낫네요."

시마 씨가 두 손으로 엉덩이를 문질렀다.

"조심해. 아직 결혼도 안 한 아가씬데."

아키코는 말을 하자마자 시대착오적인 발언을 했다는 생각이 들어 멋쩍게 웃었다.

"고리타분한 소리를 했네, 후후."

"음, 뭐, 결혼할 수 있을지 모르겠지만요. 아마 못 할 것 같아요."

시마 씨도 후후 웃었다.

"못 하다니. 이렇게 성격도 좋고 성실한데."

"음, 과연 그럴까요?"

아키코와 시마 씨는 주방에 나란히 서서 재료를 준비하기 시작했다. 냄비에 양파를 볶으면서 아키코는 이 일이 마음을 차분하게 다스리는 수행처럼 느껴졌다. 양파와 당근, 그 밖의 채소를 하나하나 칼로 썰어 냄비에 넣고 나무 주걱으로 뒤적이며 볶았다. 일반적으로 보면 지루하고 비효율적인 이 작업을 아키코는 좋아했다.

가게를 열자 평소처럼 손님이 찾아와주었다. 일주일에 나흘은 와주는 여자 손님 둘이 말을 걸었다.

"그저께는 문을 닫으셨더라고요?"

"죄송해요. 사정이 있어서 문을 열 수가 없었어요."

아키코는 사과했다.

"그랬군요. 건강 조심하세요."

여자 손님들이 걱정해주어 아키코는 고개를 꾸벅 숙여 인사하면서 슬쩍 시마 씨를 돌아보았다. 시마 씨도 고개를 살짝 숙이고 어깨를 움츠렸다.

아키코는 평소의 일상을 되찾았다고 여겼는데, 시마 씨가 아침 재료 준비를 마친 뒤 심각한 표정으로 이렇게 말했다.

"되게 화가 나는 일이 있었어요. 우리 가게를 두고 이상한 소리를 하는 사람이 있더라고요."

시마 씨의 말에 따르면, 맛집 관련 인터넷 커뮤니티와 블로그에서 최근 가게에 대한 험담과 불평이 올라온다는 것이다.

"정말? 뭐라고 하는데?"

반길 일은 아니지만 손님 의견이라면 참고하고 싶었다. 하지만 시마 씨는 불쾌하다는 표정으로 어떤 글이 적혔는지 알려주었다.

"예고도 없이 쉬다니 무례하다, 손님을 최우선으로 생각하지 않는다, 멀리서 일부러 찾아갔으니 교통비를 돌려달라, 맨날 메뉴가 똑같은 것만 있고 변화가 없다, 장사도 잘되니 메뉴를 더 늘려라, 싱거워서 맛이 없다, 가격이 비싸다, 어차피 애인 돈으로 차린 가게일 테니 금방 망할 거다, 라는 내용도 있어요."

"이야, 상상력이 대단하네. 가게 욕이나 하지 말고 소설을 써서 문학상에 응모하면 좋을 텐데."

아키코는 그렇게 말하면서 쓴웃음을 지었다. 예고 없이 가게를 쉰 것은 변명의 여지가 없으니 사과해야 마땅하다. 그러나 맛은, 사람에 따라 미각이 다른 법이다. 진한 맛을 선호하는 사람은 담백한 맛을 무조건 거부한다. 아키코도 지인과 식사를 하러 갔다가 음식 맛을 보기도 전에 무턱대고 간장과 소스를 뿌리는 사람이 있어 놀랐던 기억이 있다. 아키코는 재료가 내는 본래의 맛을 좋아해 그냥 먹었더니, 그 사람은 이렇게 물었다.

"아무 맛도 안 나는 걸 어떻게 먹니?"

"맛? 난 괜찮은데?"

아키코가 대답하자, 상대는 고개를 갸우뚱하고는 자기 생선구이에 간장을 잔뜩 부었다.

"사람마다 입맛이 다른데, 그때마다 맛을 바꾸면 내가 이 가게를 운영할 이유가 없지."

"그렇죠."

시마 씨가 열심히 고개를 끄덕였다.

"아무튼 저 때문에 쉬어서 죄송해요."

시마 씨가 또 생각났다는 듯이 사과했다.

"이제 그만 사과해. 나도 시마 씨 덕분에 쉰 거잖아."

"예고 없이 쉬었다고 툴툴거리는 사람도 있어서……."

"그건 내가 사과할 문제지, 시마 씨는 신경 쓰지 마. 그런 일을 다 마음에 담아두면 아무 것도 못 해."

"그러네요. 앞으로는 엉덩방아 찧지 않게 조심할게요."

시마 씨가 진지하게 말해 아키코는 웃음을 터뜨렸다.

일주일에 한 번 정기휴일을 확보한 뒤로도 가게는 회전율이 높았다. 가끔 복잡한 일은 좀 있어도 대체로 순조로웠다.

그런데 쉬는 날을 하루 앞두고 기대감에 부푼 어느 화요일, 타로가 기운이 없었다. 그러고 보니 요즘 들어 타로가 밥을 잘 안 먹었다. 예전에는 타로를 품에 안고 "왜 그래?" 하고 말을 걸면 그르렁그르렁 좋다고 소리를 냈는데, 요즘은 영 기운이 없고 식욕도 없었다. '그거 나 줘, 나 줘!' 하며 먹을 것을 조르는 일도 없었다. 간식이나 통조림을 줘도 냄새를 맡고 한두 번 핥아보고는, 물배만 채우고 몸을 둥글게 말고 잠들었다.

가게에서 재료를 준비하면서도 마음에 걸려 몇 번이나 올라가 상태를 확인했는데, 아침과 같은 장소에서 웅크리고 자고 있었다. 고양이도 사람과 마찬가지로 상태가 안 좋을 때가 있을 테니 오늘 가게 문을 닫으면 바로 동물병원에 데려가야겠다고 생각했다. 아키코는 처음으로 문 닫을 시간만 기다렸다. 시마 씨에게 상황을 얘기하면 걱정할 것 같아서 조금 남은 콩 샐러드를 싸주고는 일찍 퇴근시켰다.

아키코는 서둘러 위로 올라갔다. 타로는 같은 자리에 누워 있었는데, 호흡이 눈에 띄게 이상했다.

"타로!"

아키코는 황급히 캐리어를 꺼내 안에 수건을 깔고 타로를 눕혀 동물병원으로 데려갔다. 옷도 못 갈아입고 앞치마 차림으로 나타난 아키코를 보고 병원 사람도 긴급함을 감지했는지 곧바로 진료실로 안내해주었다. 아키코가 타로를 진찰대에 눕히려고 캐리어를 열었다. 호흡이 있다면 당연히 몸이 위아래로 움직여야 하는데, 엉덩이를 이쪽으로 보이고 누운 타로는 꼼짝도 하지 않았다.

"선생님!"

아키코가 외치자, 선생님이 캐리어에서 타로를 꺼내 진찰대에 눕혔다. 누운 타로의 가슴에 청진기를 대고, 소형 라이트로 눈을 비춰보았다. 곧 의사가 가라앉은 목소리로 말했다.

"죄송하지만……."

"네? 뭐라고요? 우리 타로가 죽은 거예요?"

아키코가 거의 비명을 질렀다.

"동공도 반응이 없고, 심장 소리도 들리지 않습니다."

"밥은 안 먹었어도 어제까지만 해도 건강했는걸요. 눈에 띄게 이상해진 건 오늘이 처음이에요. 그런데 어떻게 갑자기 이래요?"

아키코는 반쯤 이성을 잃고, 진찰대 위의 타로를 두 손으로 안으며 선생님에게 애원했다.

"밖에서 살던 고양이는 태어날 때부터 질병이 있거나 몸이 약한 경우가 있어요. 어미가 사람들이 먹는 고지방 정크푸드를 먹으면 새끼도 어쩔 수 없이 영향을 받습니다. 타로가 그렇지 않았나 싶네요."

"가엾어라……. 타로, 타로! 그런 거 아니지?"

울면서 몸을 흔들어보았으나 평소와 감촉이 달랐다. 몸이 차츰 굳었고 표정도 잠잘 때와는 전혀 달랐다.

"타로……, 이건 말도 안 돼."

아키코는 그 자리에 털썩 주저앉아 얼굴을 두 손으로 감쌌다. 하지만 곧 이렇게 있으면 병원에 폐를 끼친다는 생각에 호흡을 가다듬고 일어났다.

"고맙습니다."

아키코는 울먹이며 선생님에게 인사하고, 수건으로 타로의 몸을 감싸 캐리어에 넣었다.

"타로의 명복을 빕니다."

선생님도 정중하게 고개를 숙였다. 사정을 파악한 접수처 여직원도 눈물을 글썽이며 동물묘원 연락처를 가르쳐주었다.

"필요하실 테니 가지고 가세요."

아키코는 직원에게도 고개 숙여 인사하고 병원을 나왔다.

집에 어떻게 돌아왔는지 기억이 없다. 선생님은 떠났다고 말했지만, 집에 오면 타로가 기운을 되찾을지도 모른다고 생각했다.

"타로, 집에 돌아왔어."

아키코가 말을 걸면, 두툼한 앞발을 쭉 뻗고 "야옹" 하고 대답하며 캐리어에서 나와 나 이제 괜찮다는 표정으로 아키코를 올려다볼 것 같았다. 하지만 타로의 몸은 딱딱하게 굳어 꼼짝도 하지 않았다. 그 모습을 본 아키코의 눈에서 눈물이 줄줄 흘러나왔다.

"타로, 계속 혼자 둬서 미안해. 겨우 아침저녁에만 같이 있어줘서. 몸이 아픈데도 혼자 꾹 참고 있었던 거구나. 엄마가 빨리 알아차렸으면 이렇게 되진 않았을 텐데."

아키코는 죽은 타로를 껴안고 얼굴을 바라보며 자신을 질

책했다. 아키코가 아니라 다른 사람 집에 갔다면 좀 더 오래 살았을지도 모른다. 더 많이 안아줄 것을 그랬다. 뚱뚱해서 귀엽다고 하지 말고 다이어트를 시켰으면 좋았을걸. 애교를 부리는데도 바쁘다는 핑계로 혼자 방에 둔 탓에 정신적으로 스트레스를 받은 것은 아닐까. 타로의 상태를 전혀 깨닫지 못한 자신이 한없이 원망스러웠다.

"타로……."

아무리 이름을 불러도 타로는 반응이 없었다. 품에 안긴 채 잠들면 말을 걸어도 반응하지 않은 적은 여러 번 있었다. 그러나 지금 품에 안은 타로의 몸에서는 온기가 느껴지지 않았고, 눈도 굳게 감겼다. 새초롬하던 얼굴도 몸이 경직되는 증거인지 점차 딱딱한 표정으로 바뀌었다.

"제발 타로, 안 돼."

아키코는 왼손으로 타로를 안고 오른손으로 열심히 몸을 쓰다듬었다. 수십 분이나 정신없이 쓰다듬었지만 상태는 똑같았다. 이때껏 외톨이로 둔 시간을 보상해주려는 듯이 아키코는 타로에게서 손을 떼지 않았다. 죽은 고양이를 품에 안았지만 전혀 불쾌하지 않았고 오히려 애틋한 감정이 북받쳤다. 시간이 지날수록 사랑스럽다는 마음과 아무것도 못 해줬다는 후회가 뒤섞였다. 아키코는 웃으며 타로에게 말을 걸다가 또 껴안고 통곡했다. 아키코는 살면서 처음으로 평정심을 잃었다.

"엄마는 해준 게 하나도 없는데 우리 타로는 마지막까지 효도를 하고 가네."

만약 내일이 영업하는 날이라면, 이런 심정으로는 도저히 가게 문을 열지 못할 것이다. 타로는 마치 계산이라도 한 것처럼 쉬는 날을 앞두고 하늘나라로 떠났다. 타로는 마지막 순간까지 아키코를 배려해주었는데, 자신은 과연 타로가 만족할 만한 일생을 살게 해줬는지 싶어 후회가 몰려왔다.

밤늦게까지 타로를 안고 있다가 조금 마음이 진정된 아키코는 타로의 몸을 따뜻한 수건으로 닦아주고 새 수건 위에 눕혔다. 그리고 목욕을 하는 동안에도 혹시 밖에 나가면 타로가 눈을 동그랗게 뜨고 배고프다며 칭얼거리지 않을까 기대했지만, 그런 일은 없었다. 차가워진 타로 곁에 누워 자는 동안 아키코의 눈에는 눈물이 마르지 않았다.

다음 날, 아키코의 눈은 당연히 퉁퉁 부어 있었다. 타로를 영원히 곁에 두고 싶었지만 그럴 수는 없었다. 동물병원에서 알려준 동물묘원에 연락하자 직원이 친절하게 상담해주었다. 뼈를 안치할지 가져갈지 등을 물었다.

“오늘은 화장터 시간이 비어 있네요. 무료로 차량도 보내드립니다만, 어떻게 하시겠습니까?”

아키코는 무슨 소리인지 반쯤 알아듣지 못했다.

“근처에 사니까 전철을 타고 갈게요.”

아키코는 화장 시간에 맞춰 묘원을 찾아갔다.

묘원은 전철을 타고 두 번째 역에서 내려 버스를 타거나 걸어가야 했다. 아키코는 타로를 하얀 수건으로 감싸고 수건을 깐 하얀 상자에 넣어 기다란 종이봉투에 담았다. 봉투를 두 손으로 끌어안고 전철을 탔다. 봉투를 손에 들지 않고 품에 안은 것을 이상하게 여기는 승객이 있을지도 모르지만, 죽은 고양이가 들어 있을 줄은 아무도 모를 것이다.

역에서부터는 버스를 타지 않고 천천히 걸었다. 역 앞에서 타로에게 안겨줄 하얀 국화도 세 송이 샀다. 아키코가 사는 동네와 달리 도로 양편에 가로수를 심어서 그런지 공기가 맑았다. 가게가 거의 없는 한적한 주택가였다. 조용한 거리를 걸으며 아키코는 타로와 작별할 각오를 다졌다.

접수처에서 예약을 확인하고 서류에 필요한 사항을 적었다. 총비용인 4만5천 엔을 내자, 여직원이 대기실로 안내해주었다. 대기실에는 아키코와 같은 처지일 사람들이 몇 명쯤 대기하고 있었다. 벽에는 장수하는 동물들 사진이 걸려 있었다. 아키코는 수건으로 감싼 타로를 상자에서 꺼내 품에 안고 사진을 하나하나 바라보았다. 키우던 고양이가 떠났을 때 그런 사진을 보면 심경이 복잡할 것 같은데, 신기하게도 마음이 편해졌다.

"저기 좀 봐. 우리 타로랑 비슷하게 생겼네?"

무심코 평소처럼 말을 걸어보았지만, 품 안의 타로에게선 아무런 대답이 없었다. 아키코는 다시금 타로의 죽음을 깨닫고 울 뻔했다. 여기까지 와서도 현실을 받아들이지 못하는 자신이 한심했다. 대기실 한쪽에서 부부와 대학생쯤으로 보이는 자식 둘이 평범하게 대화를 나누고 있다가 갑자기 울음을 터뜨렸다. 의자 위에 하얀 종이를 붙인 커다란 상자가 놓여 있었다. 그 안에도 죽은 반려동물이 들어 있을 것이다. 아키코는 대기실 한구석에서 수건으로 감싼 타로를 계속 안고 있었다.

직원의 부름을 받고 그 가족이 대기실에서 나갔다. 한참 기다리자 아키코도 이름이 불렸다. 슬라이드 테이블이 달린 여닫이식 커다란 기계가 있고, 그 옆에 서글서글해 보이는 중년 남자가 서 있었다. 남자는 정중히 예를 표했다. 아키코는 그가 하라는 대로 테이블에 타로를 눕히고, 도톰한 앞발에 국화 세

송이를 쥐어주었다.

"자, 마지막 작별 인사를 하십시오."

아키코는 워낙 많이 울어서 더는 눈물이 안 나올 줄 알았는데 당황스럽게도 눈물이 또 흘렀다.

"타로, 고마웠어. 지금까지 정말 고마웠어."

몸을 쓰다듬으면서 고맙다는 말 말고는 해줄 말이 없었다. 이 순간을 마지막으로 타로의 털과 얼굴, 몸이 영원히 사라진다고 생각하니 너무 슬퍼서 아키코는 눈물을 멈출 수 없었다.

"이제 괜찮으십니까?"

남자가 말을 걸어 고개를 끄덕였다.

"한 시간쯤 지나 다시 와주십시오."

그 말을 듣고 밖으로 나왔다. 주인이 슬퍼할 테니 기계 안에 넣는 모습은 보여주지 않으려고 배려하는 듯했다.

대기실로 돌아가고 싶지 않아 나무가 우거진 묘원을 걸었다. 꽃집이 몇 개 있었고, 좀 더 가보니 개별 묘비를 세운 봉안당도 있었다. 기도하기 위해 만들어진 시설도 보였다.

아키코는 갑자기 단것이 먹고 싶어져, 찻집에 들어가 단팥죽을 주문했다. 이 찻집을 찾아오는 사람들의 쓰라린 심정을 이해하는지, 주인도 직원도 모두 조용하고 차분해서 느낌이 좋았다. 찻집은 전면 유리창이어서 숲이 잘 보였다. 숲 풍경을 바라보고 있자, 어제의 충격적인 사건에서 헤어나 조금씩 안정을 되찾았다.

아키코보다 나중에 찻집으로 들어온 나이 많은 여자 둘이 마주 앉아 대화를 나눴다.

"열여덟 살까지 살았으니까 행복했겠지?"

"그럼, 그렇게 생각해야지. 언제까지 슬퍼하고 있을 수만은 없잖아."

본의 아니게 듣게 됐는데, 그들의 대화는 다른 방향으로 진행되지 않았다.

"열여덟 살까지 살았잖아."

"그만 슬퍼해야지."

이런 대화의 반복이었다. 사정을 모르는 사람이라면 똑같은 소리만 되풀이한다고 웃을지 모르겠지만, 이곳에서는 모두 같은 심정이다.

죽은 애완동물을 향한 애정과 자신을 탓하는 죄책감, 그리고 계속 슬퍼하고만 있을 수 없다는 다짐만이 되풀이될 뿐이다. 그럭저럭 마음을 추스르다가도 또다시 슬픈 감정이 되살아나기를 반복한다. 찻집을 나오며 힐끔 보니, 두 사람은 테이블 위에 분홍색 리본을 묶은 시추의 사진 앨범을 올려놓고 들여다보고 있었다.

한 시간이 지나 타로와 작별한 곳으로 돌아가자, 표본처럼 뼈만 남은 타로가 나타났다. 이상하게도 슬프지 않았다. 직원이 뼈를 추려 조심스레 항아리에 담았다. 그리고 항아리를 나무 상자에 담은 후 천으로 싸서 건네주었다. 아키코는 나무 상자를 또 보자기로 싸서 커다란 종이봉투에 넣었다. 손으로 들기 싫어 이곳에 왔을 때처럼 껴안고 전철을 탔다. 기분은 그럭저럭 담담했다. 특별하게 슬프진 않았다.

"타로, 집에 돌아왔어."

타로에게 말을 걸면서 천으로 싼 상자를 장식장 위에 놓았다. 오늘부터 이 자리가 타로의 쉼터다. 나무 상자 앞에는 타로가 잘 나온 사진과 물, 간식, 선향과 꽃을 둘 생각이다. 선향과 꽃은 우선 엄마 영정 앞에 있는 것에서 빌렸고, 작은 찻잔에 물을 담아 올려놓았다. 아키코의 집에는 영정을 모시는 제단이 따로 없어서 엄마를 추모하는 공간은 서랍장 위다. 나란히 두면 편할 테지만, 엄마가 "나랑 고양이를 똑같이 취급한단 말이야?"라고 한소리 할 것 같아 따로 자리를 마련했다.

"타로라는 애가 갈 거니까 잘 부탁해요."

아키코는 엄마 영정 앞에서 두 손을 모으고 말했다.

주인으로서 해야 할 일을 일단 했으니 마음은 편해졌지만, 힘이 쭉 빠져 아무것도 손에 잡히지 않았다. 아키코는 바닥에 털썩 주저앉아 멍하니 있었다.

"타로. 역시 넌 거기 있으면 안 되겠어."

그러고는 상자를 또 안았다.

"타로, 대체 이게 무슨 말도 안 되는 일이니."

수도 없이 타로에게 말을 걸며 눈물을 흘렸다. 타로의 묵직한 몸과 따뜻한 털의 감촉과는 달리 네모난 상자는 차가웠다. 그래도 안에 타로가 들어 있으니 곁에서 떼어놓기 싫었다.

"엄마도 그렇고 타로도 그렇고, 내 가족은 어느 날 갑자기 사라지네."

아키코는 한탄했다. 엄마 장례식 때도 슬프긴 했지만 이 정도는 아니었다. 아키코는 그날 내내 나무 상자를 품에서 놓지 않았다. 평소의 절반도 안 되는 밥을 먹으면서도 식탁 위에 상자를 두었다. 잘 때도 당연히 머리맡에 나란히 놓았다.

"타로."

이름을 부르며 타로가 있던 자리에 손을 뻗었다. 이제 거기에 타로가 없다는 것을 느낄 때마다 몸속에서 분화하듯이 슬픔이 터졌고, 그러면 기다렸다는 듯이 눈에서 눈물이 흘렀다. 타로를 외롭게 하거나 혼냈던 일만 생각났다. 수명이 줄어든 원인이 그래서일까 싶어 오열하느라 아키코는 좀처럼 잠을 이루지 못했다.

다음 날 아침, 아키코는 몽롱하게 잠에서 깼다. 타로가 왜 가까이 안 오나 어리둥절해 하다가 이젠 세상에 없다는 것을 떠올리고 또 울었다. 실내 너비와 비교하면 타로의 몸은 아주 작았는데, 사라지고 나니 방이 너무 휑하고 공기마저 싸늘했다. 언제까지나 슬퍼하고 있을 수만은 없다고 마음을 가다듬었다. 아키코는 우느라 퉁퉁 부은 얼굴을 손바닥으로 탁탁 때려 기운을 불어넣었다.

"타로, 엄마가 또 울려고 하면 그만 울라고 말해줘야 한다?"

타로에게 말을 걸면서도 눈물이 흘렀다.

"엄마 정말 한심하다, 그치?"

아키코는 상자를 다시 장식장 위에 올려놓은 다음, 물을 새로 갈고 선향에 불을 붙였다.

출근한 시마 씨가 아키코의 얼굴을 보자마자 놀랐다.

"무슨 일 있었어요?"

"어, 바로 알겠어?"

"그럼요. 눈이 퉁퉁 부었는걸요."

아키코는 타로가 떠났다고 말해주었다. 시마 씨는 깜짝 놀라더니 곧 눈물을 펑펑 흘렸다. 타로가 가엾다고 몇 번이나 말하면서 손등으로 눈물을 훔치고는 또 울었다.

"고향에서 구마타로라는 멍멍이를 키웠는데, 산책하고 돌아온 후에 갑자기 죽었어요. 아홉 살이었는데 그때도 얼마나 놀랐는지 몰라요."

"응. 갑자기 떠나면 너무 가슴이 아파."

"네. 가족 모두, 구마타로가 싫어하는 데도 억지로 했던 일을 떠올리고 그러지 않았으면 좋았을 거라며 엉엉 울었어요."

둘이서 또 한동안 울었다.

"그래도 일에 지장을 주면 안 되니까, 오늘도 반갑게 손님을 맞이해야지."

아키코가 기분을 전환하기 위해 등을 쭉 폈다.

"그렇죠. 오늘도 잘 부탁드립니다."

시마 씨도 눈물을 훔치며 고개를 숙였다.

일할 때는 일에만 몰두했다. 마음이 흔들려 손을 베거나 음식 맛이 달라지지도 않았다. 오히려 다른 때보다 더 정성 들여 일한 기분이었다.

“잘 먹었어요. 만든 사람의 마음가짐이 잘 배어나서 음식이 정말 맛깔스러워요.”

일주일에 한 번꼴로 찾아오는 기품 있고 옷차림도 깔끔한 노부인이 그렇게 칭찬하고 가게를 나갔다. 겉으로는 티가 나지 않지만 속으로 크나큰 상실감을 품은 아키코에게는 감사한 위로가 되었다.

평소처럼 가게 문을 닫은 후, 아키코는 상점가의 단골 꽃집에서 엄마에게 바칠 노란색과 보라색, 타로에게 줄 하얀색 국화를 샀다. 청초한 분위기인 하얀 국화는 엄마와 전혀 어울리지 않는다. 노란색과 보라색 조합은 약간 강렬하지만, 엄마 이미지에는 그쪽이 더 어울렸다. 꽃집 아주머니가 동네 소문을 들려주며 말을 건넸다.

“얼마 전에 문 닫은 초밥 가게 말이야, 공사했었잖아?”

“아, 그랬죠.”

“워낙 낡은 건물이라 그대로는 안 팔렸을 테니까. 아무튼 거기에 선술집이 생긴다더라고.”

중년 부부가 건물과 땅을 함께 사들여 1층에 가게를 내고 2층에서 거주한다고 했다. 아키코는 상점가의 소문과는 거리가 멀었다. 일부 가게 주인에게는 그런 일이 중대 관심사일 테지만, 사생활과 다름없는 정보가 곧바로 나도는 상황이 바람직해 보이지 않았다. 아키코는 가게에 장식할 꽃을 주문하고 집으로 돌아왔다.

"타로……."

문을 열며 자기도 모르게 타로를 부르다가 아키코는 한숨을 쉬었다. 두 눈으로 주검도 확인하고 뼈도 유골함에 담아 왔는데 여전히 타로가 살아 있을 것만 같다.

"우리 타로가 이젠 없지."

그 통통하고 둥글둥글한 타로는 이제 이 집 안 어디에도 없다. 사진 속 타로도 그렇고, 나무 상자 속 타로도 그렇고, 네모난 틀 안에 담겨 있다. 따뜻하고 북슬북슬한 타로, 거칠게 콧김을 내쉬던 타로, 눈을 동그랗게 뜨고 고개를 갸웃거리던 타로는 이제 그 어디에도 없다.

"타로……."

갑자기 슬픔이 북받쳐 아키코는 수건을 눈에 대고 소리 내어 울었다. 엄마가 돌아가셨을 때도 이 정도로 슬프진 않았다. 자식을 잃은 부모가 그 슬픔을 '몸이 갈기갈기 찢어지는 것 같다'라고 표현한 문장을 본 적 있는데, 그 말이 맞았다. 몸 절반이 어디론가 사라진 감각이었다. 평소처럼 생활하다가도 갑작스레 높은 파도가 밀려오는 것처럼 슬픔이 닥친다. 파도에 휩싸이는 동안에는 눈물을 멈출 수 없다. 그러다가 파도가 지나가면 다시 평범한 일상으로 돌아간다. 슬퍼도 이 현실을 받아들이고 열심히 살겠다고 결심하지만, 또다시 높은 파도가 찾아오면 속수무책이다. 눈물에 푹 잠길 수밖에 없다.

밥을 먹다가도 눈물, 설거지를 하다가도 눈물, 욕조에 더운 물을 받다가도 눈물, 목욕하는 동안에도 눈물, 잠들기 전에도 눈물, 침대에 누워서도 눈물. 눈물과 설친한 친구가 된 나날이었지만, 높은 파도가 밀려오는 횟수가 점차 줄어들어 아키코도 조금씩 안정을 찾아갔다.

착각일지 모르겠고 그랬으면 좋겠다고 바라서인지도 모르겠지만 눈에 보이지 않아도 타로의 기척을 생생하게 느끼곤 했다. 식탁에 앉아 밥을 먹을 때면 문득 다리에 부드러운 감촉이 느껴진다. 화들짝 놀라 아래를 보면 아무것도 없다. 하지만 분명 타로가 몸을 비빌 때와 똑같은 감촉이었다. 또 어느 날은 방 한구석에서 무언가의 기척을 갑자기 느끼기도 했다.

"타로, 와준 거니?"

말을 건네도 당연히 대답은 돌아오지 않지만, 아키코는 타로가 저세상에서 놀러 와줬다고 확신하고 다정하게 속삭였다.

"타로, 천천히 놀다 가."

의자에 앉아 있을 때는 식탁 위에 있는 것 같은 기척을 느꼈다. 침대에 기대 책을 읽으면 침대 위에 있는 것 같았다. 타로가 살아 있을 때 그랬던 것과 똑같았다. 게다가 가끔 야옹 하는 울음소리가 들리기도 했다.

"보이지는 않아도 엄마를 보러 와줬구나."

타로가 같이 있어준다는 것이 그 무엇보다도 아키코에게 위로가 되었다. 엄마에게는 죄송하지만, 엄마가 돌아가셨을 때는 허전하긴 했어도 곁에 있어주길 바라진 않았다. 엄마가 저세상에서 와줬다고 느낀 적도 없고 목소리가 들린 적도 없었다. 아키코 마음속에서 타로는 엄마보다 순위가 높았다.

"엄마, 미안해."

서랍장 위의 추모 공간에 대고 두 손을 모았다. 기분 탓이겠지만, 영정 속 엄마가 토라진 표정으로 아키코를 노려보는 것 같았다.

10

머리로는 타로를 잃은 슬픔을 잊으려 했지만 몸은 생각한 대로 되지 않았다. 일은 지금까지 했던 것처럼 열심히 하고 있지만, 방에 돌아오면 허전함이 우르르 밀려와 그리 넓지도 않은 방이 갑자기 살풍경하고 휑해 보였다.

"타로."

없다는 것을 알면서도 침실을 향해 조용하게 이름을 불러 보았다. 어디 숨어 있을지도 모른다고 기대했지만, 대답하는 소리도 들리지 않고 모습도 보이지 않았다.

"타로……."

그러면 아키코의 눈에서는 자신도 놀랄 만큼 눈물이 끊임

없이 흘렀다. 아키코는 침실 앞에 오도카니 서서 한참이나 눈물을 흘렸다. 한바탕 울고 나면 조금은 진정되어, 그제야 손을 씻고 화장을 지우고 세수를 했다. 침대로 가서 타로가 항상 여기에 있었지, 하고 생각하며 이불 위를 손으로 쓰다듬었다. 그러다 보면 기분 좋게 잠든 타로의 얼굴이나 숨결이 떠올라 또 울음을 터뜨린다.

아키코는 뼈가 담긴 상자를 들고 와 늘 자던 자리에 놓고 타로의 사진을 꺼내 바라보았다. 사진 속 타로와 나무 상자를 손으로 계속해서 쓰다듬었다. 타로의 체온이나 털 감촉이 느껴지는 것도 아닌데, 그러지 않곤 배길 수가 없었다. 눈물에 더해 콧물까지 줄줄 흘렀다. 아키코는 수건을 얼굴에 대고 타로의 통통한 모습과 감촉을 어떻게든 기억해내려고 했다.

그러다 보면 곧 후회가 밀려왔다. 가게에 타로의 흔적을 남기면 안 되므로 털 한 올이라도 안 보이게 신경을 썼다. 혹시 타로가 그걸 알고 스스로 곁을 떠난 것은 아닐까? 좀 더 오래 같이 있어주고 놀아주고 꼭 안아줬으면 얼마나 좋았을까. 사소한 일로 혼내지 말아야 했다. 그런 행동이 다 타로의 수명을 줄인 원인 같아 한스러웠다.

이렇게 슬픔과 후회가 뒤섞인 감정에 허덕이다 30분쯤 지나니 마음이 어느 정도 진정되었다. 저녁을 준비하려고 부엌에 섰다. 오늘은 볶은 강낭콩 샐러드가 남아 시마 씨에게도 절반을 나눠주었다. 소금으로 간단히 간을 해서 일식에도 양식에도 잘 어울리는 샐러드다. 냉장고에 있는 채소와 버섯, 연어를 푹 쪄서 먹으려고 찜통을 꺼냈다. 요리하는 도중에, 어떤 생선이든 냉장고에서 꺼냈다 하면 눈빛이 확 변하던 타로가 떠올랐다. 그러자 또다시 눈물이 배어나와 시야가 흐릿해졌다.

"가족이 다 사라지고 말았어."

찜이 다 쪄질 때까지 기다리며, 아키코는 멍하니 의자에 앉아 혼잣말을 중얼거렸다. 얼마 전까지만 해도 이럴 때면 타로가 잽싸게 무릎 위로 올라와 아키코가 쓰다듬어주는 손길과 부엌에서 나는 구수한 냄새를 행복하게 즐기며 크흥크흥 소리를 냈다. 아키코의 얼굴과 가스레인지를 번갈아 바라보며 야옹야옹, 하고 애교를 부렸다. '줄 거지? 나도 줄 거지?' 이렇게 말하는 표정으로 말이다.

"타로도 줄 테니까 얌전히 기다려야 해?"

그렇게 타이르며 턱을 긁어주면, 타로는 못 참겠다는 듯이 가느다랗게 실눈을 뜨고 기분 좋다는 표정을 지었다. 저절로 미소가 번지는 그런 한때를 모조리 잃었다. 아키코는 무릎에 손을 올리고 그저 넋을 놓고 있었다.

밥이 다 되면 타로는 접시를 향해 정신없이 돌진했다. '나도 줘, 나도 달라니까!'라며 온몸으로 외치는 타로를 아키코는 제지했다.

"알았으니까 잠깐만 기다려."

밥그릇에 덜어주는 동안에 타로는 뒷발로 서서 기다리다가 자기 체중을 버티지 못해 금방 원래 자세로 돌아오곤 했다. 타로는 제 밥그릇에 고개를 박고 불도저가 땅을 파듯이 음식을 허겁지겁 먹어치웠다. 그 힘에 밀려 접시가 마룻바닥에서 미끄러지면 그에 맞춰 타로도 움직였다. 그릇에 코를 박고 바닥 위를 쉬지 않고 오갔다.

"타로, 뭐 하는 거니?"

그때마다 아키코는 박장대소했다. 밥그릇은 설거지할 필요도 없이 번쩍번쩍 깨끗했다. 그랬던 타로가 이젠 없다.

타로의 사진 앞에 물과 평소 먹던 사료, 연어를 놓아두었지만 당연히 줄어들지 않는다. 줄지 않은 그릇을 새로 바꿔줄 때도 가슴이 아팠다. 그래도 아키코는 타로의 기척이 느껴졌다. 무미건조하게 저녁 식사를 마치고 설거지를 할 때면, 다리에 무언가가 살포시 스치는 느낌이 들었다. 타로가 몸을 비비던 감촉과 똑같아서 아키코는 얼른 아래를 내려다보고 주위를 둘러보았다.

“엄마 만진 거지, 타로? 와준 거지? 야옹, 해주면 좋겠다.”

그러나 야옹 소리는 들리지 않았다.

타로의 기척은 아무 조짐 없이 느닷없이 찾아왔다. 텔레비전을 보고 있을 때도 문득 곁에 뭔가 있는 느낌이 났다.

“타로, 또 와줬구나?”

그때마다 아키코는 말을 걸며 쓰다듬는 시늉을 했는데, 신기하게도 쓰다듬는 손이 따뜻해졌다. 역시 타로가 와준 것이라고 확신하자 슬픔도 가라앉아서, 모습도 목소리도 없는 타로에게 살아 있을 때처럼 계속 말을 걸었다. 일하러 갈 때도 침대에 타로가 있는 것처럼 말을 걸었다.

“그럼 엄마 다녀올게.”

그러고 나서야 아래층으로 내려갔다.

전화를 건 친구들은 아키코의 목소리가 달라진 것을 알아차리고 무슨 일이 있는지 걱정스럽게 물었다.

“너무 힘들겠다. 동물을 잃어서 슬픈 마음은 동물이 아니면 채우지 못한다는 얘길 들은 적이 있어. 떠난 타로에게 미안해하지 말고 새 아이를 데려오면 어떠니?”

맞는 말일 수도 있지만 아키코는 도저히 마음이 내키지 않아 가게를 하는 동안에는 동물을 더는 키우지 않기로 했다.

가게를 열 시간이 되면 요즘도 손님들이 가게 앞에 줄을 서서 기다렸다. 자주 보는 단골손님도 늘었다.

"매주 이 근처 병원에 와야 하는데, 거기 갔다가 여기 빵과 수프를 먹는 걸 낙으로 삼으니까 그 지긋지긋한 병원도 다닐 마음이 나지 뭐야."

그렇게 말하는 나이 지긋한 여자 손님도 있었다. 가게 정보를 어디선가 듣고 호기심에 찾아오는 손님도 여전히 있었다. 그래도 개업 초기와 비교하면 가게가 안정되었다. 지금 생각해보면 개업 초기에는 가게도 불안정하고 마음도 붕 떠 있었다. 가게에 오는 손님들의 흥분에 아키코의 기분까지 필요 이상으로 들떴는지도 모른다. 그 당시에는 미처 몰랐지만 역시 지나치게 긴장했었다 싶어 반성했다. 특별한 사건이 생긴 것은 아니지만, 심플하고 조용하고 차분한 분위기에서 음식을 제공하려는 자신의 철학과는 상반되는 시기였다. 지금은 아키코가 이상적으로 꿈꾸던 가게 분위기와 비슷해졌는데, 이 상태가 과연 괜찮을지 의문이 생겼다. 자신의 이상과 맞지 않은 사람들이 배제됐지만, 그 결과 비슷비슷한 복장과 외모인 사람들만 모이니 또 불안해진다. 어쩌면 일을 오만하게 하고 있다는 증거일지 모른다는 생각이 들었다.

물론 어떤 가게든 그 가게만의 품격이 있는 법이다. 다만 아키코가 생각하기에 자신의 가게는 그리 대단한 품격이 있는 곳은 아니다.

'수도원 식당처럼 간소한 공간에서 믿을 수 있는 식재료로 만든 맛있는 빵과 수프를 제공하고 싶다.'

이런 생각이 가게를 연 계기였다. 그러나 다양한 사람들이 찾아와주기 시작하면서 무의식중에 이런 손님이라면 오길 바라지만 저런 손님은 안 왔으면 좋겠다는 식으로 손님을 구분하지 않았나 싶어 마음이 쓰였다. 그것은 인간적으로 보면 솔직한 마음이겠지만, 장사를 하는 사람으로서 과연 그런 생각이 옳을까? 아키코가 만든 요리를 먹고 싶어 찾아온 손님이라면 어떤 사람에게든 맛있는 음식을 제공하는 것이 의무는 아닐까. 자신이 그런 이미지에 뭐든지 다 끼워 맞추려고 든 것 같아 부끄러운 마음이 들었다.

솔직히 아키코는 가게를 열기 직전, 청소를 마치고 재료 준비까지 다 끝냈을 때의 가게 분위기를 제일 좋아했다. 고요한 수도원 식당 같은 실내에 꽃만 탐스럽게 피어 있다. 그 풍경을 둘러보면 열심히 해야겠다고 힘이 솟는다. 손님들이 맛있게 식사하는 모습을 보며 기쁨을 느끼는 것이 당연한데, 지금 아키코처럼 생각한다면 굳이 가게를 차릴 것이 아니라 자기 취향에 맞는 방에 가만히 앉아 있으면 그만이다.

'가게에 와주는 손님을 두고 이러면 좋겠고 저러면 좋겠다고 생각하다니, 도대체 내가 뭐가 그리 잘났다고?'

손님을 구분하는 것 자체가 오만함에서 나오는 생각 같았다. 그렇지만 큰 소리를 내거나 떠들어서 가게 분위기를 망치는 손님은 가능하면 거절하고 싶다. 이 역시 장사하는 사람으로서 잘못된 생각일까? 문을 열고 들어오는 손님이라면 누구든 감사히 맞이해야 하는데 아직 멀었다는 생각이 들어 아키코는 한숨을 내쉬었다.

시마 씨가 상점가 꽃집에 주문한 꽃을 찾으러 갔다가 주인 아주머니에게 새로 선술집이 문을 열었다는 소식을 듣고 왔다. 며칠 전까지만 해도 셔터가 내려져 있었고, 음식점이 생긴다는 이야기도 얼마전에 들었는데 그 후로 공사가 꽤 빠르게 진행됐나 보다. 그 선술집을 운영하는 부부가 개업 인사를 하러 아키코가 재료 준비를 하는 시간에 찾아왔다. 부부 모두 40대 정도로 보였고, 수다쟁이였다.

"어머나, 가게가 멋있어요. 이렇게 말하면 좀 그런데, 이 상점가에 있기는 아까울 정도네요. 아오야마나 롯폰기에 있어도 되겠어요."

깡마른 몸매에 머리를 하나로 묶고, 가무잡잡한 피부에 파란 아이섀도를 진하게 바른 부인이 그렇게 말하며 가게를 흥미롭게 구경했다.

"혼자서 하세요?"

남편이 물었다. 아키코는 시마 씨를 두 사람에게 소개하고, 둘이서 일한다고 알려주었다.

"그렇습니까? 매출은 얼마나 됩니까? 이런 가게라면 원가율은 어느 정도 되려나."

처음 만난 사이인데 별걸 다 묻는다 싶어 아키코는 약간 놀랐지만, 이 건물은 부모님에게 물려받아 임대료가 나가지 않으니 다른 가게보다는 형편이 나을 것이라고 대충 설명했다.

"그럼 개업할 때 자금도 많이 들지 않았겠네요."

그러더니 런치 가격과 구성에 대해서도 슬쩍 캐물었다.

"흠, 이런 소재로군."

자기 멋대로 가게를 돌아다니면서 주먹으로 테이블을 두드리더니 주방까지 들여다보며 뻔뻔하고 무례하게 굴었다. 아키코와 시마 씨는 당황해 우뚝 서 있었다.

"실례가 많았어요. 앞으로 잘 부탁드려요. 우리 가게에도 꼭 놀러 와주시고요."

직성이 다 풀렸는지 부인이 까랑까랑한 목소리로 인사를 하고 나서야 부부는 겨우 돌아갔다. 그들을 배웅한 뒤, 아키코와 시마 씨는 마주 보고 동시에 한숨을 쉬었다.

"별 이상한 사람이 다 있네요."

시마 씨가 조심스럽게 말했다.

"꼭 이상한 건 아닐지도 몰라. 어쩌면 요즘은 저런 사람이 일반적이지 않을까?"

부부의 저런 성품에 이끌려 가게에 모이는 사람이 있는 것도 사실이다.

음식점을 꾸리기 쉽지 않은 세상인데도, 빵 공방 사람들은 열심히 아이디어를 냈다. 마른 과일이나 견과류를 넣은 빵, 치즈를 넣은 빵을 개발해 아키코 가게에서 내는 빵도 종류도 늘어났다.

쉬는 날 아키코는 저녁 산책을 겸해 옆 동네 헌책방에 책을 보러 갔다. 요리책을 풍부하게 갖춘 책방이어서 가끔 들러보면 쓰지 가이치의 『가이세키 요리 전서』가 낱권으로 있기도 했다. 아키코의 가게에서 가이세키 요리를 내진 않지만, 예전에 이 헌책방에서 같은 저자의 『밥과 된장국』이라는 책을 산 적이 있다. 요리 전문학교의 도서실에 비치되어 있던 책인데, 자주 보고 싶어서 소장하려고 샀다. 부록으로 아침 된장국 달력이 딸려 있고, 다시마나 가다랑어포, 멸치를 써서 국물을 내는 방법과 채소로 감칠맛을 내 국물을 만드는 레시피도 실려 있다. 일본 전통식은 지켜야 할 것이 많은데, 그 규칙을 인정하면서도 맛을 내기 위해 자유롭게 요리를 만드는 저자의 자세에 감동했다. 그는 진정한 것이란 어느 시대든 새로울 수 있다고 가르쳐주었다.

괜찮은 요리책을 건지지 못했지만 대신 살 예정에 없었던 고양이 도감을 샀다. 장모, 단모 가리지 않고 다양한 고양이 사진이 실려 있었다. 타로는 잡종이므로 똑같이 생긴 애는 없었지만 덩치가 큰 고양이를 보면 눈물이 핑 돌았다.

"아, 타로도 이랬는데."

사진 속 고양이든 길고양이든 고양이를 보면 마음이 평온해지니 이 책을 보고 있으면 조금은 위로가 될 것 같았다. 집에 가서 천천히 보려고 상점가로 들어섰는데, 얼마 전에 인사하러 왔던 부부의 선술집이 열려 있었다. 아직 저녁 6시 전인데 벌써 붐비는지 손님들 대화 소리가 바깥까지 들렸다. 개업 초기에는 손님을 끌기 쉽지 않은데, 예전에 하던 가게의 단골 손님들이 찾아온 걸까 생각하며 가게 앞을 지나고 있었다. 그때 마침 역 쪽에서 엄마 식당의 단골이었던 아저씨 둘이 걸어왔다.

아키코가 먼저 알아차리고 웃으며 인사하려 하자, 두 아저씨는 표정을 잔뜩 구기더니 동시에 고개를 휙 돌려 아키코를 무시했다. 아키코는 어리둥절해서 바로 앞을 지나가는 아저씨들의 뒷모습을 쳐다보았다. 아저씨들은 그 부부가 운영하는 선술집 포렴을 걷고 미닫이문을 열었다.

"안녕하신가!"

아저씨들은 반갑게 소리를 지르며 안으로 들어갔다. 아키코는 눈을 깜빡이며 한참이나 그 자리에 우뚝 서 있었다.

집으로 돌아와 "타로, 엄마 다녀왔어" 하고 인사하고는 식탁 의자에 앉았다. 단골 아저씨들이 모임터를 잃어 아쉬워하는 것은 알고 있다. 새로 생긴 선술집이 새로운 모임터가 됐다면 잘된 일이다. 아저씨들은 다 같이 모여 흥에 취할 곳이 필요했을 것이다. 그렇다고 해서 왜 자신이 노골적으로 무시당해야 하는지 알 수 없었다. 아저씨들은 지금도 아키코를 '우리가 즐기던 소중한 곳을 빼앗은 몹쓸 사람'이라 여기고 화가 나 있는 걸까? 아니면 새로 생긴 가게에 들어가는 모습을 보여 멋쩍었던 것일까?

"그래도 인사 정도는 해도 될 텐데."

왜 그런 취급을 받아야 하는지 도무지 모르겠다. 그들은 무슨 나쁜 짓을 하다가 들킨 초등학생 같았다.

"정말 세상에는 다양한 사람이 있다니까."

혼잣말을 하며 속상한 마음을 달랜 아키코는 열 손가락을 머리카락 사이로 넣어 두피를 마사지하며 세면대로 갔다.

문득문득 찾아오는 '타로가 없는 슬픔'을 어떻게든 견디며, 아키코는 시마 씨와 서로 도우면서 하루하루 살았다. 그러던 어느 날, 요리 전문학교 선생님이 갑자기 케이크와 선물을 들고 가게를 찾아왔다.

"문전성시라 내가 다 기쁘네."

그날따라 가게에 빈자리가 없었다.

"오늘은 유난히 손님들이 많네요. 평소에 이 정도는 아닌데……."

"그래도 잘 유지하고 있다는 거니까 훌륭하지."

대화를 길게 나눌 수 없어서 뒤를 시마 씨에게 맡기고 아키코는 주방으로 들어갔다. 그날은 식사를 마친 손님이 나가면 교대하듯이 같은 수만큼 손님이 계속 들어와 다른 때보다 훨씬 바빴다.

선생님은 먹는 모습도 우아해서 보다 보면 기분이 황홀해진다. 꼿꼿이 편 등도 그렇고 동작 하나하나가 인위적이지 않고 기품이 넘친다. 아키코도 선생님처럼 품위 있게 먹으려고 노력하지만 남들이 보기에는 볼썽사나운 꼴일 것 같아 항상 자신을 돌아본다. 선생님이 드시고 난 접시까지 아름다웠다.

"잘 먹었어. 아주 맛있었어. 수프도 정성껏 만들었네. 날림으로 요리하지 않았다는 걸 먹어보니 바로 알겠어. 빵도 맛있고. 그리고 이 사람 참 괜찮네. 성실한 사람을 찾아서 다행이야."

선생님이 시마 씨의 왼팔을 다정하게 만졌다.

"네? 앗, 감사합니다."

갑자기 칭찬을 들은 시마 씨는 얼굴까지 새빨갛게 물들이며 막대기가 똑 부러지는 것처럼 고개를 숙였다.

"매뉴얼대로 한다는 느낌이 안 나서 아주 좋아. 손님에게 감사하는 마음도 전해지고. 나는 나름 많은 가게를 둘러봐서, 아무리 생글생글 웃고 있어도 그게 본심인지 아닌지 금방 알거든. 시마 씨는 훌륭해. 진심이 담겼어."

이어지는 칭찬을 듣고 시마 씨는 커다란 몸을 움츠리고 그저 황송해할 따름이었다.

"얼마나 도움이 되는데요. 시마 씨가 없었다면 가게를 계속하진 못했을 거예요. 이렇게 좋은 사람을 만난 걸 보면 제가 운이 좋은가 봐요."

"그럼, 감사할 일이야. 둘 다 건강 잘 챙기고."

선생님은 가게를 나가는 모습까지 우아했다.

"멋진 분이세요. 아, 칭찬해주셨다고 하는 말이 아니라, 그게 아니라요……."

"무슨 말인지 알아. 선생님은 정말 훌륭하시지. 나도 본받고 싶어."

오랜만에 가벼운 피로감을 느낀 둘은 가게 문을 닫고 선생님에게 받은 케이크를 먹었다. 유명한 파티시에가 운영하는 가게에서 파는 케이크로, 그 파티시에도 선생님의 제자였다. 평소에 단것을 즐기지 않는 아키코도 오랜만에 케이크를 맛있게 먹고 한숨 돌렸다.

"이렇게 맛있는 케이크는 처음 먹어봐요."

감격한 시마 씨는 남은 케이크 두 조각도 기쁘게 가져갔다.

아키코가 나이를 먹었을 때 롤모델로 삼고 싶은 여자는 엄마가 아니라 선생님이었다. 자신의 엄마이긴 하지만 저런 사람만큼은 되고 싶지 않은 반면교사였다. 천애고아가 된 아키코는 선생님에게서 이상적인 어머니상을 찾았다. 수다 떨기 좋아하는 엄마는 입에 음식이 들어 있으면 마음껏 재잘거리지 못해 답답해했고, 먹는 내내 수다를 그치지 않아 입에서 음식을 흘리거나 뿜어내기도 했다. 차를 소리 내어 마셔도 아무렇지 않게 여겼고, 손님들과 야한 농담도 즐겼다.

확률은 높아도 사실이라고 증명할 수 없는 오빠가 있지만 외롭다고 해서 내키는 대로 연락할 수는 없다. 큰오빠 부부가 풍기는 분위기나 인품으로 미루어 보아 아키코가 갑자기 동생이라고 밝혀도 넓은 마음으로 받아줄 거라는 기대는 있었다. 지금까지는 혼자서도 잘 살 수 있다고 믿었는데, 타로를 잃은 후 마음이 흔들렸다.

“키우던 동물을 잃는 건 자식을 잃는 것과 같대.”

친구들도 이렇게 말해주었을 만큼 이 아픔을 간단히 정리하지 못할 것은 아키코도 잘 알고 있었지만, 다른 무엇보다 상실감은 견디기 힘들었다.

그렇다고 자기만족을 위해 아무것도 모르고 평화롭게 사는 오빠 부부의 삶을 짓밟아선 안 된다. 이런 욕망도 다 이기심에서 나온다고 반성하면서 아키코는 오른 주먹으로 가슴을 지그시 누르며 다짐했다.

"앞으로도 잘 견뎌내자."

오빠의 절에 찾아가는 길에 만났던 붙임성 좋은 여자에게 받은 프리뮬러 화분은 지금도 건강하게 꽃을 피우고 있다. 절의 경내에 새하얗고 복스럽게 피었던 엔젤스 트럼펫도 생각났다. 원래 이러지 않는데 타로를 잃은 후로는 사람들이 자신에게 보여준 친절함이 자꾸만 생각났다.

신입 사원 시절에 일이 끝나지 않아 밤늦게까지 녹초가 되어 일하던 어느 날, 조금 무서워했던 여자 선배가 초콜릿을 반 나눠주었던 30년도 더 지난 일까지 떠올랐다. 지금 자신이 사람들의 친절함을 간절하게 바란다는 증거 같았다. 기쁘고 고마웠던 추억을 회상하다가 서글퍼져서 식탁 위에 엎드렸다.

"타로……."

아키코는 또 유골 상자를 가지고 와 식탁에 올려놓았다.

"타로, 미안해. 엄마가 미리 알아차렸으면 네가 이렇게 떠나지 않았을 텐데."

계속해서 상자를 쓰다듬으며 또 울었다. 아키코 내면의 또

다른 아키코가 핀잔을 주었다.

'뭐야, 너 또 울어? 진짜 한심하다. 네가 자꾸 울면 타로 마음이 어떻겠어.'

대꾸할 기력도 없어 계속 울기만 했다.

'참지 말고 울고 싶을 때는 울어도 돼. 괜히 참다가 감정이 쌓이면 나중에 더 큰일이 생길 테니까.'

그러자 이런 목소리도 들렸다. 이번에는 옳은 말이라고 고개를 끄덕이며 아키코는 계속 울었다. 네모난 상자 속에서 타로도 참 난처하겠다고 생각했다.

일을 마치고 돌아오면 아키코는 방에서 울기만 했다. 울 때마다 침대 위로 식탁 위로 무릎 위로 이동해야 하는 타로의 유골이 가엾었다. 고양이별에서 느긋하게 놀고 싶은데 예전 주인이 훌쩍훌쩍 울며 사진과 함께 이리저리 옮겨 다니니 편히 쉬지 못할 것이다.

"미안해, 타로. 이제부터 안 그럴게."

아키코는 타로에게 사과하고, 사진과 상자를 다시 장식장 위에 올려놓았다.

가끔 몸속 깊은 곳에서 슬픔이 확 북받칠 때도 있지만, 차츰 감정도 안정되었다. 이대로 슬픔이 옅어지리라 생각했는데 석

달이 지난 어느 날, 아키코는 강렬한 반동에 얻어맞았다. 마음이 편해졌다고 믿었는데, 타로를 보고 싶은 마음이 용암처럼 분출해 아키코는 어린아이처럼 울었다.

"타로, 보고 싶어!"

타로가 떠난 직후에는 타로의 기척만 느껴져도 기뻐서 만족했는데, 지금은 그 통통한 몸을 안고 싶어 견딜 수가 없었다. 일하는 동안에는 괜찮지만 집에서 혼자 시간을 보낼 때면 이러다가 큰일이 나겠다 싶어 가능하면 외출했다. 이미 해가 진 시간이지만 정처 없이 산책하다보면 조금은 기분이 나아졌다. 고양이와 자주 마주치곤 했는데, 무턱대고 말을 걸어보고 만져도 가만히 있는 고양이는 계속 쓰다듬었다. 고양이라면 다 귀엽지만 역시 타로와는 달랐다. 그래도 살아 있는 고양이를 만질 수 있어 기뻤다.

'지금 내 표정 진짜 얼빠졌겠지.'

아키코는 고양이를 쓰다듬으며 생각했다. 물론 그런다고 슬픔이 다 잦아들진 않아, 때때로 전원이 켜지면 타로를 부르며 울음을 터뜨렸다.

"타로, 보고 싶어!"

슬픔은 시간이 해결해준다는 말은 거짓말이다. 시간이 지날

수록 더 강해지는 슬픔도 있다. 그렇다고 슬픔을 달래려고 새로운 고양이를 데려오는 것은 내키지 않았다.

가게를 쉬는 날, 아키코는 거기에 안 가면 마음이 뒤숭숭해 큰일이 날 것 같아 발을 들여서는 안 되는 그 절에 또 가고 말았다. 화분을 받은 집 앞을 또 지나기는 좀 꺼려져서 다른 길로 갔다. 절에 가족의 묘가 있는 것도 아닌데 또 왔다고 이상하게 여기면 어떡하나 싶었다. 올케일지 모르는 주지의 부인은 언제든 오라고 했지만, 인사치레로 한 말을 진심으로 받아들여도 될지 망설이면서도 발은 성큼성큼 절로 향했다.

울타리 사이로 들여다보니 경내에 새까만 옷을 입은 사람들이 열몇 명쯤 있었다. 작업복 차림인 부인이 그 자리에 어울리는, 너무 밝지도 어둡지도 않은 정중한 태도로 그 사람들을 절 안으로 안내했다. 법회가 있는 듯했다. 아키코는 아쉬움을 느끼며 그냥 돌아갈까 고민하다가 여기까지 왔으니 가보자고 결심을 하고 경내로 들어갔다. 그리고 본당을 등지고 서서 마당을 가만히 둘러보았다.

'여기까지 와서 대체 뭘 어쩌자는 거야. 이런다고 무슨 의미가 있어? 타로는 내게 더없이 소중한 가족이지만 남에게는 그냥 고양이일 뿐이잖아. 겨우 고양이 때문에 여기까지 오다니,

나 진짜 어디가 이상해진 건가? 나는 안 그래도 이 절 사람들에겐 불편한 존재일 텐데, 도대체 뭘 바라는 거야.'

아키코는 자기 자신을 이해할 수 없었다. 타인을 끌어들일 마음은 없었다. 어쩌면 이 절 사람들은 타인이 아니라 가족일지 모르니 기대고 싶은 건지도 모른다. 아키코는 그런 생각을 한 자신에게 수치심을 느껴 절에서 나가려고 했다.

"저기."

그때 등 뒤에서 누가 말을 걸어 돌아보니 부인이있다.

"아, 안녕하세요?"

아키코가 허둥지둥 고개를 숙여 인사했다. 당연히 자기 얼굴을 잊어버렸을 줄 알았다.

"전에 오셨던 분이죠? 이렇게 또 와주셔서 고맙습니다."

그런데 부인은 아키코를 기억하고 있었다.

"어쩌지, 죄송합니다. 용건이 있어서 온 건 아니에요. 저도 모르게……."

"무슨 말씀이세요. 모처럼 생긴 인연인걸요, 언제든 편하게 오세요. 오늘은 법회가 있어서 조금 바쁘네요. 괜찮으시면 이쪽으로 오시겠어요?"

부인은 웃으면서 그렇게 말하고는 아키코를 마당으로 난

툇마루로 안내하고 남색 방석을 권했다.

"바쁘실 텐데……."

거절하려고 했으나 부인은 벌써 뒷모습을 보이고 저 멀리 걸어갔다. 다시 되돌아왔을 때는 차와 과자를 담은 쟁반을 들고 있었다.

"미안해요. 안쪽에 일이 좀 있어서요. 금방 돌아올게요."

아키코는 고맙다고 인사하고는, 차와 하얀 꽃을 본뜬 화과자를 먹었다. 부인은 정말 마음 씀씀이가 다른 분이다. 오빠 부부와 여동생이라는 관계로 교류를 맺는다면 얼마나 좋을까. 일 때문에 생기는 고민이나 지금 느끼는 슬픔을 털어놓으면 자기 일처럼 함께 슬퍼하고 위로해주지 않을까. 그러나 그것은 이기적인 바람일 뿐이다. 지금까지 여동생의 존재도 모르고 산 그들에게는 민폐를 끼치는 일이다. 인품이 남다른 그들이라면 넓은 마음으로 받아주리라는 상상도 아키코의 순진한 기대일 뿐이다. 스님도, 절에서 일하는 사람도 다 똑같은 인간이다. 아버지가 부인이 있는데도 혼외자식을 낳은 것처럼, 그들도 동요할 것이다.

아키코는 여기까지 왔으면서 타인을 끌어들여선 안 된다고 생각해 좌불안석이었다. 어떻게든 긴장을 감추고 방석에 앉아 있는 아키코 앞에 부인이 돌아와 앉았다.

“미안해요. 도와주는 분이 오셨으니 이제 괜찮습니다.”

푸근하게 미소 짓는 부인을 보자 아키코의 눈에서 갑자기 눈물이 주르륵 흘렀다. 어렸을 때를 제외하면 다른 사람 앞에서 운 것은 처음이다. 부인이 살짝 놀라더니 얼른 거즈 손수건을 건네주었다.

“무슨 일 있어요?”

“죄, 죄송해요……. 이건…….”

테두리에 하얀 레이스가 귀엽게 달린 손수건이었다.

“가게에서 파는 거즈 손수건 있잖아요. 왠지 멋이 없으니까 레이스를 떠서 붙였어요. 잠깐 짬이 나면 할 수 있으니까.”

레이스만 떠서 붙였는데 가치가 한층 높아진 손수건으로 눈물을 닦으며 아키코는 얘기를 시작했다.

“사실은 고양이가…….”

아버지도 어머니도 돌아가시고 고양이가 유일한 가족이었는데 갑자기 세상을 떠나 도저히 견딜 수가 없다고 말했다.

“겨우 고양이 얘기라 시시하시겠지만요.”

“시시하다니요, 그렇지 않아요. 저희도 강아지와 고양이를 키우고 길고양이도 자주 놀러 와요. 사람이 죽든 동물이 죽든 슬프긴 마찬가지죠. 어쩌면 사람을 잃었을 때보다 더 슬플지도 몰라요. 저도 결혼하기 전에 집에서 키우던 고양이가 죽었을 때 정말 많이 울었답니다."

부인도 안타까운 표정을 지었다.

"고양이 얼굴을 알 수 있을 만한 게 있나요?"

아키코는 고개를 끄덕이고 늘 가지고 다니는 파우치에서 타로의 사진을 꺼내 보여주었다. 앉아 있는 모습을 찍은 사진이다. 타로는 제법 그럴싸한 표정을 짓고 있지만, 얼굴도 둥글고 몸도 둥글어 마치 너구리 인형 같다.

"어쩜, 어머나."

슬픈 표정이었던 부인이 사진을 보자마자 웃음을 터뜨릴 뻔하다가 간신히 참는 기색을 보였다. 슬퍼하는 아키코를 앞에 두고 이러면 안 된다고 생각했는지, 오른손으로 얼굴 절반을 가리고 쿡쿡 웃으며 고개를 숙였다. 타로의 사진을 보고 부인이 웃는 바람에 아키코는 오히려 기분이 나아졌다.

"그렇죠? 애가 아주 듬직하죠?"

아키코도 같이 사진을 들여다보았다.

"미안해요. 어쩜 이렇게 귀엽죠? 아주 건강하고 동글동글하네요. 이런 아이를 잃었으니 얼마나 슬프시겠어요."

부인은 자기도 들은 얘기라고 하면서, 동물은 인간과 달리 생사를 그다지 중요하게 생각하지 않는다, 그래서 애정을 쏟으며 키워준 주인을 절대 원망하지 않는데, 주인이 너무 슬퍼하거나 자기가 부족했다고 책망하면 오히려 난처해한다고 위로해주었다.

"그러니 함께 살면서 즐거웠던 일만 생각하고 고마웠다고 말해줘야 주인은 물론이고 고양이에게도 좋을 거예요. 주인이 자꾸만 자기를 탓하면 다모기 슬퍼할 테니까요. 그래도 울고 싶을 땐 울어야죠. 몸에서 나오려고 하는 것은 내보내야 좋거든요."

"네."

아키코는 얌전히 고개를 끄덕였다. 부인과 대화를 나눈 덕분에 가슴을 빼곡하게 채운 안개가 걷히듯이 슬픔도 잠잠해졌다. 나중에 또 슬픔이 고개를 들어 울고 싶은 날도 있겠지만, 그때는 쌓인 것을 밖으로 내보내면 그만이다.

안에서 사람들 소리가 들렸다.

"그만 돌아갈게요. 바쁘신데 말씀 나눠주셔서 감사합니다."

아키코는 당황해서 인사하고 돌아가려고 했다.

"언제든 편하게 오세요. 엄마까지는 안 되겠지만 저를 언니라고 여기고 또 와주시면 좋겠어요."

아키코는 그 말을 듣고 심장이 터질 것처럼 놀라 움찔했다.

"감사합니다."

전철을 타고 돌아오면서, '부인은 내가 누구인지 모르겠지? 다른 의미 없이 그냥 한 말이겠지?' 하고 자문했다. 부인의 말을 듣고 솔직히 기뻤다. 상대방이 먼저 문을 열어준 것 같아 마음이 한층 가벼워졌다. 동시에 자신의 태생에 대한 응어리가 사르르 녹아내린 기분이었다.

요즘도 아키코는 날마다 타로를 떠올린다. 타로를 생각하며 우는 날도 있고 울지 않는 날도 있다. 이러면 안 된다고 생각하지 않기로 했다. 그때그때 감정에 맞춰 살기로 했다.

어느 날, 시마 씨가 가게를 열기 전에 휴대폰으로 찍은 사진을 보여주었다.

"타로랑 똑같이 생긴 애를 발견했어요."

"어머, 진짜 똑같다."

덩치도 커다랗고 털 색깔도 비슷했다.

"병원 담벼락에 있더라고요. 타로, 하고 불렀더니 야옹, 대답하면서 다가오지 뭐예요."

"그랬어? 그럼 얘도 이름이 타로인가? 아니면 부르니까 그냥 대답해준 건가?"

화면 속 타로는 '헤헤헤' 하는 표정으로 이쪽을 보고 있다. 아키코는 사진을 자기 휴대폰으로 전송해달라고 부탁했다.

그날은 낮부터 비가 많이 내려 손님이 뜸했다. 테이블 하나에 한두 명 정도만 앉아 있어 무척 조용했다. 아키코는 서서 가게를 둘러보며 이런 분위기도 마음에 든다고 생각했다. 잠시 후, 아키코와 시마 씨 둘만 남았다. 손님이 없다고 해서 손님이 앉는 자리에 편하게 앉을 순 없다. 가게에 따라 종업원이 그러는 곳도 있고 엄마의 가게도 그랬지만 아키코는 그러지 않았다. 둘은 주방을 등지고 섰다.

"시마 씨."

아키코가 말을 걸었다.

"네?"

"시마 씨는 별명이 뭐였어?"

"저요? 저는…… 메가 지장보살이요."

아키코는 깔깔 웃었다.

"아키코 씨는요?"

"나는 복덩이 가면."

이번에는 시마 씨가 고개를 푹 숙이고 어깨를 들썩이며 웃었다.

"왠지 우리 참, 난감한 사람들 같네?"

둘이서 키득키득 웃기 시작했더니, 웃음이 쉽게 멈추지 않았다. 사소한 일이라도 같이 웃을 수 있는 사람이 곁에 있다는 건 행복한 일이다.

"다음에 가짜 타로를 만나러 가볼까?"

"좋은 생각이네요. 제가 여기 오면서 봤으니까, 그 시간에 돌아다니는 것 같아요."

"좋아, 가볼게."

아키코는 그 고양이와 만난다면, 자신만의 이 소소한 생활을 지금보다 더 즐길 수 있을 것 같다고 예감했다.

빵과 수프,
고양이와
함께하기 좋은 날_하나

개정판 1쇄 2023년 4월 27일
2쇄 2025년 1월 10일

지은이 무레요코
옮긴이 이소담
펴낸이 이나영
펴낸곳 북포레스트
등록 제406-2018-000143호
주소 (10871) 경기도 파주시 회동길 37-20 202호
메일 bookforest_@naver.com
인스타그램 @_bookforest_

ISBN 979-11-92025-13-1 03830